谜底里的谜题

【日】小川哲 著
王唯斯 译

北京联合出版公司
Beijing United Publishing Co.,Ltd.

❄

当时白光笼罩着我。我的双腿已经麻木，如同踩在空中。导致出现这种状态的原因也很简单，在长时间的直播中，我时而"紧张"，时而"放松"。说到"紧张"与"放松"——"张中有弛"[1]被搞笑艺人视为表演的基本功。提出这一落语[2]方法论的落语家，是"上方[3]落语界"最具代表性的人物。他的名字是？

我在脑内按下抢答键，给出了答案——桂枝雀[4]。我

---

1. 类似中国相声中的"先扬后抑或先抑后扬""峰回路转""三翻四抖"，即进行铺垫，制造反差，最后再抖出包袱。（若无特殊说明，本书脚注均为译者注）
2. 类似中国的单口相声。
3. "上方"指日本的京都、大阪及其周边。
4. 桂枝雀（1939—1999），日本著名落语家。

经常将思考变为竞答。就是说，我经常上一秒还在认真思考着问题，下一秒却会不自觉地抢答。

我抬起头，环视四周，摄像灯晃得眼前一片白亮。虽然演播室内有上百位观众，但我无法看清楚他们的面容。同台竞技的本庄绊就在我的身旁。我看向他，只见他高挺的鼻梁上正挂着汗珠。我闭上双眼，本庄绊从我的世界"消失"了，负责主持的搞笑艺人与女明星、观众席上的父母和哥哥，还有电视前正收看节目的众多朋友，都从这个世界"消失"了。我站在白光之中，眼前仅有题目。这是一种经年不遇的状态。借用运动员的话来说，我已经进入了"Zone状态"[1]。

人称"击球之神"，以"棒球已在我眼前停止"这句名言被人熟知的、原读卖巨人队的选手、教练是？——川上哲治[2]。

题目已在我眼前停止——我的大脑飞快地转动着，

---

1. 指运动员进入一种精神高度集中的忘我状态。
2. 川上哲治（1920—2013），日本著名棒球选手、教练、棒球解说员，被誉为"击球之神"，是日本职业棒球史上第一位达成"2000安打"的人。

飞快到我想如此形容。

我伸出右手,题目如雾气般在我的掌中逐渐消散。新的题目不断浮现在我的手中,又从我的手中消散。此前遇到的题目、今后将遇到的题目——都在我的四周飘荡着。

这是第一届《Q-1竞答大会》的决赛现场,我正站在六本木演播室的答题席上。马上就是第十五题了。比赛的抢答题采用"抢七"规则,我已答对六题,本庄绊目前答对五道。只要再答对一题,我便可问鼎这项赛事,获得一千万日元[1]的奖金——我从未得到过这么多钱。这笔钱,或许能在一定程度上改变我的人生。

那天,是我竞答生涯中状态最好的一天。该抢的题我都抢到了,而在不擅长的领域,我也捡到了分数。更重要的是,虽然身处如此高级别的赛事,我却毫不怯场。我享受着竞答的乐趣。在记忆中,我能如此享受竞答的时刻并不多见。

---

1. 约合人民币50万元(基于汇率会有浮动)。

胜利属于我。当然，本庄绊的水平亦不容小觑。在决赛中，我已经摸清了他的实力。老实说，此前我一直没把他当回事，认为他不过是一位会死记硬背《广辞苑》[1]的电视明星罢了，并不懂什么叫作竞答。但事实并非如此，在抢答题的比拼中，我了解到了他的真正水平。在竞答上，他下了很大功夫。他能在短时间内准备到如此程度，付出的努力令人难以想象。

但我确信，不论面对什么题目，自己都可以先于本庄绊说出正确答案。练习竞答已融入我的生活，且十余年如一日。我不会输给临阵磨枪、短期速成的人。只要是竞答，就没人能赢得过我，最后的胜利一定属于我——我不断暗示着自己。我一定能赢。

演播室内一片寂静。仔细听时，我仿佛能听到自己的心跳。不过这大概是错觉，不同于影视剧中的那种演绎，人是无法听到自己心跳的。如果真能听到，那一

---

1. 日本的主流国语辞典之一。

定是耳朵出了问题，产生了"搏动性耳鸣"[1]。"搏动性耳鸣"一词我在竞答中从未遇到过，应该是太过专业，不适合作为竞答的题目。但我还是知道这个与竞答无关的术语。因为两年前，母亲曾罹患此病。

我的大脑飞速转动着。原阪神老虎队某位投手，其"四缝线直球"[2]被人誉为"火球"。这位投手的名字是？——藤川球儿[3]。我现在的大脑，就如同藤川球儿的"火球"一般高速运转着。

广告结束了。我听到了主持人的声音——"决赛进入最后时刻！接下来的一题，究竟是决出冠军，还是本庄绊答对题目，双方继续缠斗？"

我慢慢睁开双眼，深吸了一口气，之后呼出，用指尖触碰了一下抢答键，确认其触感。

导演示意节目继续。负责读题的播音员吸了一口

---

1. 搏动性耳鸣是血管因素导致的耳鸣。由患者头颈部血管或肌肉产生，并通过骨骼、血管等传导至耳蜗，多数和心脏跳动次数一致。

2. 棒球术语。一种快速直球。

3. 藤川球儿（1980— ），日本职业棒球选手，2020 年退役。

气:"请听题——"观众席上,不知谁发出了"这是最后一题"的声音。对,还有一题,我就能问鼎冠军了。

我打起了全身的精神,将所有注意力都集中起来。

"在佛教中,它被认为居住在极乐净土,其美妙的……"

我按下了按钮,但答题灯显示本庄绊抢到了题目。

并不是我麻痹大意,而是本庄绊着实先我一步。

我思考了一下——"美妙的……"只能是"美妙的声音"。居住在极乐净土,又能发出美妙的声音。答案显而易见。只要有相应的知识储备,这题并不难,而本庄绊的知识储备无人能及。

摄影师脚边有一块很大的监视器。我们二人的身影也正是通过这台监视器投放到电视屏幕上的。

抢到了题的本庄绊目不旁视,正在记忆中拼命搜寻着答案。他现在就如同走在悬崖上的登山家——两侧都是峭壁,走错一步便会坠入深渊。无论是超时还是答错,他都将被淘汰。

我也承受着压力,但我尽可能地摆出了一副"你不会连这个都答不上来吧"的表情,望向本庄绊。

我的小伎俩未能奏效，本庄绊露出了胸有成竹的表情。

调整了一下呼吸后，他给出了答案——"迦陵频伽[1]"。洪亮的声音透出了他的自信。

"叮咚"声响起，回答正确。观众席上一阵惊叹，继而响起热烈的掌声。

6∶6。

平分了。下一题，就是决胜题。观众席上的掌声也变为了呼喊声。

我慢慢地眨了眨眼。白光正在隐约消散。面前的显示器上，映出了刚才的题目以及目不转睛、一脸严肃的本庄绊。

题目：在佛教中，它被认为居住在极乐净土，其美妙的声音，有时也被用来形容佛的声音。其形象一般为人首鸟身。请问这种神鸟的名字是？

答案：迦陵频伽。

空气仿佛凝固了。之前每答完一题，主持人都会有

---

1. 意译为"妙音鸟"，传说其声音是世间最美妙婉转的，和佛的声音一样。

简单的问话，现在就连主持人也感受到了紧张的气氛。

"终于到了最激动人心的时刻！第一届《Q-1竞答大会》的冠军，究竟鹿死谁手呢？是三岛玲央，还是本庄绊？"

主持人轻轻点了点头，示意节目继续。屏幕上的播音员再次吸气。演播室内鸦雀无声。

"请听题——"

这是决胜题。一千万日元——当时我隐隐意识到这道题价值一千万日元，放在抢答键旁的右手因为紧张而产生了轻度痉挛。

播音员将气息灌入肺中，闭上了双唇。

就在下一秒，我听到了"咚"的一声——有人按下了抢答键。我怀疑自己误触了按钮，急忙确认了手边的答题灯，但发现答题灯并未亮起。我又看向本庄绊的方向，只见他的答题灯正泛着红光。

我的第一反应是同情——本庄绊失误了。播音员还没开始读题，还没开始读题就意味着世间万物都有可能成为题目，意味着答案的范围无穷大，本庄绊要在这种无穷无尽的范围内给出答案。这道题是关键的决胜题，而本庄绊误触了抢答键。《Q-1竞答大会》是以直播的形式播放的，几百万人已经目睹了这一瞬间，不可能因为本庄绊的这次失误重新拍摄最终决胜的部分。

本庄绊已答错两次。按照规则，他再答错一次就会被淘汰。

我赢了。虽然这种获胜方式不是我所期待的，但一千万日元属于我了。不好意思了，本庄绊。

观众和主持人都注意到了本庄绊的失误。站在侧台[1]的导演一脸慌张，正在用对讲机说着什么。面对这一突发状况，演播室内泛起了不知所措的声音。

"小野寺主妇洗衣店。"

本庄绊开口说道。

"啊？"

我不禁疑惑。难道本庄绊因为太过紧张，开始胡言乱语了？我侧头看向本庄绊，只见他正直视前方，依旧面无表情。他的这种表情我在电视上见过几次，那是一

---

1. 又称"副台"，指舞台两侧的空间。一般用来存放道具、布景，也可以作为导演指挥、主持人或演员候场的空间。

种已经把该做的事情做完，之后等着其他人来追上自己的神情。

难道说……我的心提到了嗓子眼。难道说，他对回答非常有自信？可是，刚才还没有读题，他是通过什么来判断答案的呢？

我看向了主持人，又看向了舞台旁负责读题的播音员。主持人一脸诧异，播音员也瞪大了眼睛。

演播室静得出奇。我听到侧台有人在小声问"怎么办？"，还有人在说"这样也可以吗？"。

"小野寺主妇洗衣店。"

本庄绊再次重复。

过了十秒左右，"叮咚"声响起。舞台两侧喷出了白色浓烟，头顶开始撒花，不断落下彩纸。直到这时，我都没搞清发生了什么。导演举起了舞台提示，主持人带着半信半疑的神情开始朗读上面的文字：

"不可思议！胜负已分！第一届《Q-1竞答大会》的冠军是——本庄绊！"

听罢，我才明白了眼前所发生的事情。本庄绊赢了。他在开始读题之前按下了抢答键，并说出了正确的答案。赞助商拿着支票,从侧台走了出来。

我一脸惊愕,呆立在舞台的左侧。

舞台上花纸漫天,烟雾缭绕,遮挡了我的视线。我揉了几次眼睛,不敢相信眼前发生的一切。我抬起头,彩纸飘进了我的嘴里。我用右手拾出纸片,不知出于何种原因,将它放到了口袋中。之后我的大脑就一片空白了,我已经不记得节目结束后,是如何回到休息室的。

※

节目结束后,我在休息室内没见到本庄绊,而是看到了未能进入决赛的其他六位参赛者。他们没有坐在椅子上,而是席地而坐,排成一列。每个人都在盯着休息室的入口,仿佛在参加民权运动。我想到了马丁·路德·金、吉姆·克劳法[1]、蒙哥马利[2]巴士抵制运动。

比赛明明已经结束,我的大脑却不受控制地联想起与美国民权运动有关的词汇。《民权法案》[3]大概是在

---

1. 吉姆·克劳法(Jim Crow Laws)泛指1876年至1965年间美国南部各州以及边境各州对有色人种(主要针对非洲裔美国人,但同时也包含其他族群)实行种族隔离制度的法律。

2. 蒙哥马利是美国南部亚拉巴马州的州府,建于1817年,以蒙哥马利将军的名字命名。蒙哥马利是美国20世纪中期种族隔离最严重的城市之一,曾立法要求非裔美国人给白人让座。

3. 美国有多部民权法案,1964年的民权法案由于废除了种族隔离制度,具有里程碑意义。一般称为"Civil Rights Act of 1964"(1964年《民权法案》)。

1964年制定的，肯尼迪遇刺是在1963年，《民权法案》应该是肯尼迪遇刺的第二年制定的。我用手机搜索了"民权法案"，确认了其年份——是1964年，我没记错。但这种正确答案毫无意义，因为我没能夺冠。

气氛沉闷，我将视线移开了手机。决赛之后，我并没有如释重负的感觉，而是充满了"竞答被玷污了"的不满和愤懑。我犹豫了一下，坐到了队列前面，神情中尽量露出不满。我觉得大家这样做是正确的。往后一看，六张脸上的眼睛都盯着入口，就像拉什莫尔山的美国国家纪念碑。拉什莫尔山国家纪念公园位于南达科他州布莱克山区[1]，其山巅上雕刻着美利坚合众国的总统，我能说出他们全部的名字——乔治·华盛顿、托马斯·杰斐逊、西奥多·罗斯福、亚伯拉罕·林肯。

参加半决赛的选手我都不陌生——有平时在公开赛上经常看到的人，有我高中参加竞答比赛时住在同一家旅馆的人，有我以前上电视节目时同台竞技过的人，还有大学时代竞答研究部的前辈……除了我，其他六位选

---

1. 又称"总统山"。

手都异口同声地表示："事态很严重。"没有一个人站起来。虽然我们没有具体交换过意见，但有一点是一致的，那就是我们不认可本庄绊就这样夺冠。假若发现舞弊行为，这一千万日元的奖金又将如何分配呢？起身离开的人就失去了领取的权利——这种气氛莫名地笼罩着这里，没有一个人想要离开。

过了一会儿，一位年轻的男性工作人员来到了休息室。他向每个人询问住处，好像是来安排出租车的。

一位选手开口问："究竟是怎么回事？本庄怎么在听到题目前就说出了正确答案啊？"

"比赛的事，我不太清楚。"工作人员回答，"我是来给大家发放出租车券的，麻烦各位告知我住处。"

"你让我们就这么回去？"另一位选手问。

"之后要清扫这里，所有人都要离开摄影棚。"

双方似乎在各说各的。

"必须离开？在不给我们任何解释的情况下？"

"我什么都不知道。"工作人员还是这样答道。他看起来对事态一无所知，应该只是接到指示，被派来给我们发放出租车券的。

"那请把坂田老师叫来,让他亲口告诉我们是怎么回事。我们决不允许发生舞弊行为。"

"坂田老师"指的是坂田泰彦,即节目的总导演。

"坂田正在接洽赞助商,听说今天没时间。"

"没时间?发生了这种事情,还要优先考虑赞助商吗?"一位选手说。

工作人员只得道歉。

"道歉有什么用!给我们解释啊!"

"不好意思,过几天会有解释的,今天请诸位先回吧。"

这位工作人员似乎只有二十岁出头。我看到他的眼中泛着淡淡的泪光。

选手中年纪最大的片桐老师——一位坐在乔治·华盛顿位置上的三十五岁男子——讽刺地说了句:"唉,和下面办事的人怎么说也没用吧。"然后站了起来,"看起来,他也很难办。日后会给我们解释的,对吧?"

他的语气中夹杂着对节目组的不满和对工作人员的怜悯。

"我觉得会有的。"工作人员无力地点了点头。

"如果没有给我们好好解释的话,我们还是会找地方讨说法的。"

片桐老师再次叮嘱。

工作人员低头说了声"是"。

我心里有些不舒服,总觉得我们是聚在一起欺负他。片桐老师回了句"我明白了",其他选手也依次站了起来。

走出休息室时,我和那位工作人员对视了一下。但他立刻移开了视线。我以介于"瞪"和"盯"之间的感觉,目不转睛地看着他。他却并没有看向我。我试图找出他流泪的原因。是对比赛结果不满吗?还是因为,这些比他年长的选手将他围住并频频诘问,让他感到害怕?

我站在休息室的门前,直到片桐老师开口让大家离开。最终,我也没搞清楚他为什么流泪。

虽然都有些不情愿,但我们还是决定回家。因为方向相同,我和半决赛中对战过的富冢老师坐上了同一辆出租车。富冢老师比我年长八岁,好像是从上大学之后进入竞答圈的。他精通日本历史,曾经在ABC笔试竞赛中拿过第一名,也在许多公开赛上获得过冠军。如果有人问"请告诉我近来最厉害的五位选手",我感觉几乎所有的竞答选手都会将他列在其中。半决赛中,状态极佳的我在开局阶段便领先三题,之后乘胜追击,总算拿下了比赛。说实话,在闯过第一轮预赛,决定分组的时候,我觉得富冢老师要比本庄绊更难对付。

在回家的出租车上,富冢老师开口问道:"你怎么想?"

"您是说,最后一题吗?"

"也不全是,也包括之前的题目。"

富冢老师不愧是身经百战的选手,对决赛舞台上发生的所有令人讶异的情况都看在眼里。在最后一道题时,本庄绊确实在题目念出之前就说出了正确答案。但其实不止如此,在前面也有几题,他的抢答同样令人诧异。

"我倒想问问富冢老师是怎么想的?"

"我觉得是有'剧本'啊。比如你们4:3的时候,不是有道题的答案是'野岛断层'吗?按理说,题目念到那里的时候，信息还不够，参赛人员应该不会去按抢答键的。不过呢，只有真正比试过，才能知道对方有没有做手脚，我今天没有和本庄直接比试，所以想听听你怎么想。"

"那我就怎么想怎么说了？"

"嗯，怎么想的就怎么说。"

我答道："在最后一题之前，我没觉得有'剧本'。"我知道这不是富冢老师想要的答案，更重要的是，也不是我自己想要的答案，但还是说出了心中所感。

所谓"剧本"，即"舞弊行为"。富冢老师——不，不止是富冢老师，其他选手和很多观众应该都在怀疑——今天的比赛是不是专为让本庄绊夺冠而做的局。有这种想法不奇怪。要想"无字抢答"还能答对题目，那就必须提前知道内容。

本庄绊的名气和人气都很高，有很多支持者，但竞答选手中应该没有人认为他会夺冠。本庄绊并不是这个圈子的人，大家都认为他不懂竞答。

"'野岛断层'那题你怎么看？"

"我觉得他抢得确实太快了，不过本庄绊偶尔会做出那种毫无道理的抢答。他可能是有自信，也可能只是不知道其他的选项。虽然可能性不大，但也有可能是他以前做过类似的题目，总之不能断定，因为他不是普通的竞答选手。"

我将在决赛中的感受如实地讲了出来。本庄绊不是只会做出那种匪夷所思的抢答，有时候明明到了题眼部分，他却毫无反应。这些证明不了比赛存在剧本，只能证明他对竞答并不熟练。至少，在最后一题之前，我根本没有怀疑过有剧本。

"也是。用我们的尺度来衡量那家伙是怎么抢题的，确实没有意义。"

"嗯。"我点点头。

本庄绊有不少绰号，比如"在大脑中装下了全世界的人""用记忆力包罗万象的人""竞答比赛的魔法师"等等。当然，我认为他并没有把全世界保存在大脑里，也不可能仅靠记忆力便能包罗万象，更不可能用什么魔法，但可以肯定的是，他拥有超乎常人的记忆力。

本庄绊现年二十二岁，是东京大学医学部的大四学生。他不仅能完整背诵出历任美国总统的姓名，还能背出历届诺贝尔奖得主，记住联合国成员国的所有国旗及首都，以及日本名刹古寺的山号和《百人一首》[1]的全部内容，还可以从脑内庞大的数据库中搜寻出正确答案。从竞答选手的角度而言，本庄绊也十分少见，因为他从未参加过校内的竞答研究部。他在校期间参加了电视节目《超人丸》中的"知识达人"环节，以记住了《日本国宪法》的所有条文[2]而声名大噪。

《超人丸》的制作人坂田泰彦注意到了本庄绊的明星气质，在节目中开设了"知识达人争霸赛"的新环节。本庄绊在该环节中创造了许多传说。在多答案题[3]中，他写出了诺贝尔文学奖的所有获奖者[4]、两百多处世界自然遗产、J联赛[5]的所有俱乐部、日本人在夏季奥运

---

1. 日本最著名的和歌集（"和歌"即日本的一种诗歌）。

2. 《日本国宪法》共10章103条，计4998字。

3. "多答案题"不是开放题，也不是多选题，而是题目有多个答案，谁写出的越多，谁便获胜。比如下文提到的"写出诺贝尔文学奖的所有获奖者"。

4. 从1901年至2023年，共有120位作家获得过诺贝尔文学奖。

5. 指"日本职业足球联赛"，分为J1、J2、J3三个级别，目前共有60家俱乐部（截至2024年）。

会上的所有金牌得主[1]。他还能通过二维码或者条形码猜出商品名称。

但这些都与竞答无关。因为竞答不是比拼记住的知识量，而是比拼答对题目的能力。本庄绊是个擅长记忆的电视明星，但不是竞答选手。我们竞答界的人是这么认为的。

"嗯……其他题目暂且不论。最后一题你能想出合理的解释吗？"

富冢老师在怀疑有剧本的同时，似乎也考虑到今天的比赛有可能不是假赛。我非常理解这种心情。虽然不知道过去的情况，但至少没听说近来的电视竞答节目有剧本。虽然也有些比赛会有"灰色地带"，但"灰色"和"黑色"有很大的不同。据我所知，至少选手们都在相同的条件下比拼。选手不是艺人，而是单纯喜欢竞答的人，并不适合有剧本的比赛。如果要让选手"表演"的话，从现场的氛围来看，肯定会露出马脚。

---

1. 截至2021年东京奥运会，日本在夏季奥运会上的金牌得主共有169位（含团体）。

我的想法有点儿复杂，自己也不知道该如何定性。我对本庄绊有些愤愤不平。他该受到应有的惩罚。我是很认真投身于其中的，但现在比赛却被弄得乌烟瘴气。另外我也有些私心，如果本庄绊真有舞弊行为，自己顶替他的名次，说不定还能拿到一千万日元。

同时，我也认为竞答比赛不能存在剧本。在竞答比赛中，会有很多普通人无法理解的抢答（但对我们竞答选手而言是正常的）——"竞答比赛都是剧本"这种说法我听都听烦了。如果真的存在造假行为并大白于天下的话，我感觉自己过去得到的奖杯都会被玷污。

"我也搞不懂。"

"你的意思是，也有可能不是剧本。"

"都搞不懂，包括有没有剧本这件事。"

"话说，你之前知道'小野寺主妇洗衣店'吗？"富冢老师继续问道。

"不知道。"我没隐瞒。我一次都没听说过。播放结束后，我在休息室用手机查了一下。这家连锁洗衣店主要依托山形县开展业务，在东北和北陆[1]都设有分店。我觉得这道题有点儿怪，和其他题目的出题倾向有微妙的不同，也不像是"新设问题"。

"这种题目在竞答中一般不会遇到。或者说，我一次都没听到过。"

"是的。"

"那本庄为什么能回答呢？那家伙是东京人吧？"

"是的。"

"我觉得有剧本。"富家老师说，"不然就只能说他拥有'特异功能'了，从无限的选项中，用'特异功能'推导出正确答案。"

下车后，我一直在想，为什么本庄绊可以抢答呢？

是剧本，还是特异功能？

哪个答案都不是我希望得到的。竞答比赛不应该存在剧本，同样也不应该存在特异功能。竞答是以知识为基础，比拼谁能比对方更快、更准确地运用逻辑思考得

---

1. 此处的"东北""北陆"都是日本的地区名。

出正确答案。竞答，是从已知信息中缩小答案范围，之后不断抽丝剥茧，再将答案的范围缩小到一个点上，并不是主办方青睐谁，谁就可以获胜。同样，它也不是比拼天马行空的幻想能力。

回到家后，我在网络上看到了本庄绊获胜的场景。

听到"请听题——"的瞬间，本庄绊便按下了抢答键："小野寺主妇洗衣店。"

虽然没有出现在画面上，但侧台的工作人员当时都很慌乱，播音员也脸色铁青。画面右侧的我先是东张西望，之后一脸困惑地低着头。

本庄绊重复道："小野寺主妇洗衣店。"

过了一会儿，答对的声音响起。

我没有任何新的发现。我在舞台上看到的就是一切。比赛时我唯一不知道的信息，只有电视画面上显示着的题目。

问题："Beautiful, Beautiful, Beautiful Life"（《美丽、美丽、美丽的生活》）这首宣传曲被很多人所熟悉，这家连锁洗衣店也因提供天气预报节目 *Petite Weather*

(《小天气》)以及独特的地方广告而知名,它依托山形县,在四县设有店铺。请问这家连锁洗衣店的名字是?

答案:小野寺主妇洗衣店。

即使本庄绊不抢这题,我也答不出来。我是千叶人。但本庄绊这个东京人怎么会知道"小野寺主妇洗衣店"呢?

难道他将全日本的连锁回转寿司店和连锁洗衣店都背下来了?

另外,不管怎么说,这样抢答都是有风险的,他没必要这么做。即使慢慢听问题,他也能赢,也不会被人怀疑有剧本。

没错——我意识到了这个问题。本庄绊没必要在题目出现前就抢答。即使事先知道了答案,至少也应该先听到题目开头的"Beautiful"(美丽的)再按。谁知道是"Beautiful Life"(美丽的生活)还是"Beautiful Mind"(美丽的心灵)呢。我突然又想到了岚和 GReeeeN[1] 都唱过 Beautiful Days(《美丽的日子》)这首歌。本庄绊应该

---

1. "岚"和"GReeeeN"都是日本的偶像组合。

很清楚，世界上不存在仅靠"Beautiful"这一个词便能答出"小野寺主妇洗衣店"的选手。只要稍微等一下，就不用让全国的观众都怀疑比赛有剧本了。

本庄绊为什么要那样抢答呢？

不知道。我只知道，那样抢答不合常理——除此之外，我毫无头绪。

我想到了一千万日元。这一千万日元会是我的吗？工作人员说："日后会有解释。"一切都要等他们"解释"之后再说。

《Q-1竞答大会》尚未结束。

❄

　　根据节目总导演坂田泰彦的介绍，在策划《Q-1竞答大会》时，其初衷是"用知识竞答，来策划一个类似'将棋名人战''职业棒球大联盟'那样的比赛"。电视杂志刊登了他对节目充满热情的访谈录——"知识竞答也是体育比赛，一流的运动员会给我们呈上最精彩的比赛。这项比赛的奖金是一千万日元，仅凭这一点，我就确信这档节目会成功。"

　　"你对直播搞竞答比赛没有任何担心吗？"对于这个问题，坂田泰彦回道："知识竞答是一项体育运动。世界杯的比赛会录像剪辑后再播出吗？"

　　竞答有各种各样的形式。抢答、笔试，也有将答案写在答题板上的……同样是抢答，每个比赛答错的惩罚和获胜所需的正确数都不同。题目的形式、类型、难度也各不相同。虽然有很多竞答大赛，但每个大赛都会将不同的形式组合在一起，并没有统一的规则。

《Q-1竞答大会》的规则在其中也算特殊的。简单来说，就是很严苛。半决赛和决赛以"抢答题"为基本形式，采用"七进三出制"的淘汰赛，即"先答对七题者胜，答错三题则出局"。题目不限领域，会平均分配常见题目和新设题目。但还是太过严苛，就连知识竞答研究部里，喜欢竞答比赛的大学生都不会办这种规则的比赛。

节目官网显示，《Q-1竞答大会》公开招募参赛者时，有近七千人报名。第一轮预赛的笔试后，减少到五十一人，再加上节目组直接邀请的十三名选手，共有六十四人进入了第二轮预赛。包括我和本庄绊在内，进入半决赛的八个人中，有五个人是以受邀的身份，直接从第二轮预赛开始参加的。

第二轮预赛是四人一组，采用"五进三出"，即答对五题晋级，答错三题出局，最终将六十四名选手缩减为十六名。

第三轮预赛是分领域的选择题，并可以附带助手，规则是"七进三出"，这和决赛阶段的规则几乎一样（附带助手好像是为了发放一千万日元的奖金，避开"民放联"的奖金限额限制[1]）。这一轮胜出的八位选手晋级半决赛。

最后，本庄绊问鼎冠军。

节目播出结束后，《Q-1竞答大会》的官方推特[2]账号收到了三千多条评论。让人意外的是，称赞本庄绊实力的评论和愤愤不平地表示"这是剧本"的评论各占半壁。我到这时才知道，本庄绊那种令人诧异的抢答，并非第一次。在竞答节目《全知全能》最后一场的最后一题时，本庄绊同样凭借过人的头脑抢答出了正确答案。他的"一字抢答"成为知名传说。

---

1. "民放联"指"日本民间放送联盟"，即日本民间广播、电视团体所组成的组织。不过日本除了NHK（日本广播协会）是"公共媒体"之外，其余均为"民间媒体"，"民放联"基本上覆盖了日本绝大部分媒体。至于"节目的奖金限额"，日本的公正交易委员会自2006年之后，便不再规定其上限。但"民放联"规定，节目中的奖金，每人一般不超过200万日元。因此很多节目组会想各种办法来规避这条规定，比如将奖金拆分到多人身上，或者以"出场费"等名目来发放部分奖金。

2. 编者注：即Twitter，美国推出的一款社交网站，致力于服务公众对话。

我又看了看本庄绊的推特账号。在他公布要参加节目的那条推特下面有上千条评论，但节目播出结束后，本庄绊一直在保持沉默。评论大多是"恭喜夺冠"或"你创造了传说！"——应该是他的粉丝。

《Q-1竞答大会》的选手们对这种状况疑惑不解。

富冢老师在推特上写道："真有人认为那不是剧本，而是靠实力吗……我真感到绝望。"本庄绊的粉丝回复他："赢不了人家还嘴硬。"富冢老师则答道："你这样的外行是不会懂的。"

片桐老师在推特上说："如果不是剧本的话，为什么他可以在题目出现之前就按下抢答键？他本人有必要解释一下。"

果不其然，这条推特也遭到了本庄绊粉丝们的反驳。他们在反驳的评论里附上了短视频。那是决赛第二题，是我在题目念到"幸福的……"那一瞬间按下抢答键并回答正确的场景。

"在视频里，三岛玲央也是听了几个字之后抢答并答对的。如果这道题没有造假的话，那么最后一题也不是剧本。"

片桐老师回复说:"这两道题根本不一样。如果不知道为什么不一样,建议从头学习竞答。"

除了本庄绊,其他选手在 LINE[1] 上建立了一个群,思考着如何撰写邮件,让节目组做出解释。

我看着讨论得起劲的 LINE 群,感受到了大众与竞答选手之间的差异。或许,对于大多数观众来说,我们的抢答本身就超过了他们可以理解的范畴。

第二天网上出现了新闻——"造假?特异功能?面对《Q-1 竞答大会》决赛最后一题的'神抢答',人们众说纷纭,褒贬不一。"新闻认为,虽然也有人对本庄绊的"无字抢答"提出质疑,但他凭借超人的记忆力,在竞答比赛中多次展现过奇迹。这一次,到底是"造假"还是"特异功能"呢?目前还不得而知。

好几家专题节目邀请我做客,我都拒绝了。我的推特粉丝突然增加了十多倍,但我只留下了一句"我等节目组的解释",除此之外,没在公开场合发表过意见。众人的看法和我自己的看法明显不同,我也不知道该发

---

1. 编者注:日本推出的一款聊天软件。

点儿什么。

我对"节目组的解释"没有太多要求。如果确有剧本,节目组就应该承认,如果没有剧本,就应该说明本庄绊是怎么做到的。用"特异功能"来解释他为什么不听题目就能说出答案肯定是不行的。即使普罗大众认可,选手们也不会认可。

节目播出三天后,声明终于来了。

致第一届《Q-1竞答大会》的观众、参加者、相关人员以及所有竞答选手:

第一届《Q-1竞答大会》播出后,我们收到了很多宝贵意见。在竞答大会上出现了一些状况,我们深感遗憾。

根据外部人员的调查,我们查明节目组在组织安排上有一些不妥之处。虽然基于该调查结果,并不能直接认定大会在组织安排上存在舞弊行为,但本大会以"普及和振兴知识竞答"为目的,却导致了此种混乱的情况,其责任完全在于我们德薄才疏、能力不足。但我们热爱知识竞答,这种心情是真实的。我们辜负了大家对我们的期待，对此我们深表歉意。

我们原计划将本节目打造为知识竞答领域的顶级赛事，今后每年举办一次，但如果还沿袭目前这种形式的话，将很难获得观众的认可，因此我们决定中止下届比赛。

另外，本庄绊老师已经谢绝了冠军的头衔，并将冠军奖金和奖杯全部退回。

我们再次深表歉意。

声明的落款是总导演坂田泰彦和节目组全体工作人员。

我在电脑上读了这篇声明。回过神来，发现自己正在怒拍电脑桌。我比自己想象的还要生气。这种声明我无法接受，也不认可——只是"在组织安排上有一些不妥之处"，并没有舞弊行为。既然不存在舞弊行为，那为何不解释本庄绊是怎么答对的，也没有看到本庄绊的评论？乍一看节目组在道歉，但其实什么都没说。引起了混乱？辜负了期待？重点不是这个啊！

这篇声明我反复读了好几遍。但最终也不知道，最后一题是剧本，是"特异功能"，还是凭实力解答。如果这是解释的话，那就是敷衍了所有的竞答选手。

我打开推特，竭力压抑着自己因为愤怒而想要发声的想法，再次砸向电脑桌，之后稍微冷静了一下，默默地转发了节目组的官方推特。富冢老师转发说"这是对参加者和观众的敷衍"，片桐老师则宣布"我不会再上电视的竞答节目了"。

从节目组推特的评论来看，很多人并不认同这份声明。这是肯定的，我也不认同。题目都没开始念，就有人说出了答案，却不存在舞弊行为，这很奇怪。如果主张不存在舞弊行为，节目组就应该解释清楚，本庄绊为什么能答出正确答案，要解释得让所有人心服口服。

反观另一面，有些人依然相信本庄绊以实力取胜，认为"只要达到本庄绊那样的水平，即使没有听到题目也能知道答案"，有些人则拥护道："本庄绊比任何人都认真，一直在认真准备竞答比赛，他怎么会作弊？"看来有不少粉丝对本庄绊都很了解。还有一些人表示"这种竞赛本来就都是剧本"。这类评论属于张嘴就来，拿他们也没办法，我还能勉强压下怒火。但其中也有我难以忍受的评论——"三岛输不起，于是开始找事"或者"没能拿到奖金，很不甘心对吧？"等等，甚至还有人认为我也是合伙演戏的。

"我听知道内幕的人说了，这就是剧本，三岛玲央也是其中的一颗棋子，他也是收钱办事，一切都是为了打造出本庄绊这个竞答王。"

看到这条评论时，我真是怒发冲冠。

我用转发回怼："您是如何产生这么阴暗的想法的呢？"第二天早上，待我冷静下来后，又删掉了那条推特。在《Q-1竞答大会》和本庄绊这样的大恶人面前，我必须是圣人。我被剥夺了自己正当的权利，至少现在是这样。

我给坂田泰彦发了封邮件，措辞很客气，希望他告诉我，判断没有舞弊行为的根据。如果没有舞弊行为，那就请告诉我本庄绊为什么能答对最后一道题。我还可以保证，如果坂田不希望别人知道我们的通信内容，我不会透露半个字出去。

等了几天，坂田泰彦也没有回信。节目组也没有发布新消息。我有些不耐烦了，试着联系本庄绊本人。因为不知道联系方式，所以我问了他大学的朋友。帮我牵线的朋友表示联系了也没用："节目结束后，本庄好像就没跟任何人联系过。"

我的信件内容如下：

> 冒昧联系，还望见谅。我是在《Q-1竞答大会》的决赛上，和您同台竞技过的三岛玲央。感谢您前几天的指教。关于决赛的抢答和您的回答，我有一些难以释怀之处，故发来这封邮件。联系方式是从东京大学医学部的川边同学那里打听到的。实不相瞒，作为同样站在决赛舞台一起竞技的人，至少在最后一题之前，我没感觉到有舞弊行为。但是，根据我的知识量来判断，我对于本庄老师的抢答行为确实有不理解的地方。您别多心，作为一位竞答选手，我只是想为自己找到一个解释。本庄老师对我说的话，我都会保密。静候您的回信。

我对这封信慎之又慎，反复推敲后，才发到了本庄绊的邮箱。虽然我答应过不会透露出去，但也打算视情况而定。总之，一切都要视情况而定，而且如果他不回信的话，我也没办法继续追问。我最想知道的就是真相。为了知道真相，我在思考怎样写才能让本庄绊回信。

在本庄绊回信之前，坂田泰彦回信了。

"很抱歉，让您费心了。节目组会通过官网公布所有事情。请您静候。"

这回复也太敷衍了。我不是观众，而是当事人。我是在你面前被匪夷所思的正确答案踢落冠军宝座的人。

我甚至有股冲动，想要给他发"把一千万日元还给我"，但中途又冷静下来，只是敲下了这样的回复："下次发布声明会在何时呢？"

然而，坂田泰彦再也没有回过信。本庄绊也没有回信。他不仅没有给我回信，据说和所有人都断绝了联系。

本庄绊一直沉默着。现在大学时值暑假，没人知道他在哪里。

在此期间，世界在继续运转着。未成年偶像饮酒、演员出轨、有的节目被曝出造假、知名UP主[1]发表了不当言论、政治家违法乱纪、发生了恶性凶案——在这些事情发生时，世人已经完全忘却了《Q-1竞答大会》。只有等待本庄绊复出的粉丝们一直在说："他不可能作弊，他是靠实力获得冠军的。"

富家老师和片桐老师这些半决赛参赛者，也都快将《Q-1竞答大会》和本庄绊的事情忘却了。他们就当《Q-1竞答大会》不曾存在过，转而准备参加其他公开赛。就算电视台没有为我们准备舞台，我们也会聚集在一起比拼竞答水平。

偶尔也有人在公开赛现场向我打听《Q-1竞答大会》的事，但大家都认为是"本庄绊仗着自己是电视竞答节目的宠儿，所以有些得意忘形，搞出了一次愚蠢的抢答"。

---

1. 编者注：在视频网站、直播平台等上传（upload）视频、音频、图文等内容的创作者。

我不知如何是好。

我该找谁去调查这件事呢？警察还是律师？

我想象着在世界的某个地方，有一位竞答之神，他会惩治在竞答界作恶的人。神啊，求你了，有人用竞答来作恶。请对他们降下正义的铁拳——想到这里，我觉得自己好像一个傻子，于是停止了这个想法。

现在找谁都没用。我既不能指望节目组和坂田泰彦，也不能指望竞答节目的粉丝和竞答选手。对他们来说，事不关己，所以他们的表现也就会差强人意。不对，我说错了，"差强人意"是"大体上还满意"的意思。我又想起所谓的"误用三兄弟"：老大叫"万人空巷"，是形容庆祝、欢迎等的盛况，用来表示冷清是错的；老二叫"不忍卒读"，是形容文章内容悲惨动人，用来形容文章质量差是错的；老三叫"炙手可热"，是比喻气焰权势之盛，用来表示抢手是错的。"误用三兄弟"这个名字是高中时我起的——啊，打住，现在不是考虑这些的时候。

我捋了捋目前的头绪，得出的结论是"只能靠自己"。

我打算先自行调查《Q-1竞答大会》到底发生了什么，然后再去法院起诉，或者考虑其他的可行方案。本庄绊是真的舞弊了，还是真的有"特异功能"？或者——虽然我不太愿意去想——他是因为有什么正当的根据才答对的？

我比任何人都更接近真相。我当时就在现场，就在那里，和本庄绊同台竞技。我知道决赛舞台上发生了什么，也知道当时的气氛如何。

从现在开始，我要解开这个谜题。

问题：在第一届《Q-1竞答大会》最后一题时，为什么本庄绊未听到题目，便能说出正确答案？

※

　　情绪混乱，我从抽屉中拿出了抢答键。那是我在大学的竞答研究部用过的。在竞答研究部更换成"早稻田式抢答机"[1]时，我将旧款的按键拿了回来。我把手指放在按键上，摸了摸其表面，心情随之平复。"目黑站在——"我在脑海中播放着竞答的画面，瞬间按下了按钮。虽然抢答键没有与主机相连，并不能发出光芒，但我的眼睛看到了答题灯的亮光。

　　我说了答案："港区。"

　　"目黑站在品川区，品川站在什么区呢？"这是一道常见的题目。我在大脑中搜寻出了正确答案。但是，

---

1. 日本抢答机的一种，此外还有"荒屋式""高畠式"等，在使用上分地区和组织。

我依然不知道《Q-1竞答大会》上本庄绊的谜题。

我一个人继续寻找着答案。这份答案价值一千万日元。不，我已经没有那么认真考虑一千万日元的事了。竞答比赛已经被搞臭了，还有人认为我也是剧本中的"演员"之一。我想知道真相，想知道真相后，挺起胸膛来继续竞答。

我找到本庄绊的高中朋友，打探了情况，还借此找到了本庄绊的弟弟。本庄绊的弟弟正在念高中，与竞答比赛并无干系，也几乎不看本庄绊在电视节目上的情况，但他告诉了我几个有趣的故事。我采访了曾与本庄绊对战过的几位竞答选手。虽然没能见到坂田泰彦，但问到了曾在坂田的节目里出过题的竞答界前辈。

本庄绊参加过不少节目，我尽可能地搜集了这些节目的录像。其中有些场景，同样出现了本庄绊以超乎常人的理解去抢答题目的情况。

比如《全知全能》第十六期，是《全知全能》的最后一场。在决赛的最后一题时，本庄绊在题目刚说出"Yi——"的时候就按下了抢答键。

"《终成眷属》[1]。"稍加思考后,本庄绊如此答道。

他答对了本题并最终问鼎。选手们都惊叹不已。这就是传说中的"一字抢答"。很多认为本庄绊在《Q-1竞答大会》中使用了"特异功能"的人,就是以他在《全知全能》创造的传说为依据的。

我把本庄绊的录像看了个遍。最后,我决定再看一次《Q-1竞答大会》决赛的录像。我一边想着本庄绊的事情,一边回想着我自己的事情。

---

1. 莎士比亚戏剧。

❆

　　现场的摄像灯曾晃得我眼前一片白亮,隔着屏幕再看时,却感觉并不刺眼。

　　决赛开始前,舞台上播放了关于我的录像。那是节目组准备并剪辑的,内容是我以前参加过的竞答节目和我在半决赛中击败富家老师时的情景,并以"业余竞答界之王"为噱头对我进行了介绍。我很讨厌这种煽动性的标题。在和节目组开碰头会时,我曾要求节目组更换。我认为,竞答不存在专业人士,因此也就无所谓业余人士。胡子拉碴的工作人员只说了一句"我们会想个新标题",之后就没有下文了。在正式播放时,这种煽动性标题并没有变化。

　　播放录像时,我和本庄绊在入场处并排等候。助理导演将麦克风别在我的胸前,拍了拍我的背:"请走向答题席。"舞台两侧喷射着干冰形成的白烟，我穿过舞台中央，走下置于布景正中央的红色楼梯。白烟遮蔽了我的视线。

我站在答题席上，微微鞠躬。我知道有些选手会习惯性鞠躬，但我平时不会这么做。我也不记得为什么鞠躬了，也许是为了掩饰一个人站在宽广舞台中央的羞涩吧。

接着，屏幕上播放了本庄绊的录像。录像内容是在《超人丸》的多答案题中，本庄绊回答出所有世界自然遗产时的影像和本次半决赛的影像。"用记忆力包罗万象的绝对王者"是节目组安在本庄绊身上的煽动性标题。在一片白烟中，本庄绊悠然现身。不愧是已经习惯面对镜头的人了，他和紧张小跑的我大不相同。

主持人让我说几句赛前感言。

"我会尽最大努力的。"

"您对本庄老师如何评价？"

我回答说："他很厉害。"我的回答真的很无趣。

接下来，轮到本庄绊说赛前感言了。

"我在竭力地寻找着。"

他这般答道，然后闭上眼睛，将手指贴到太阳穴上。

主持人不解："寻找什么？"

本庄绊回答："寻找输掉比赛的可能性。"

会场闻之沸腾。

我现在明白了，本庄绊对电视节目有很深的理解——单纯的抢答竞技调动不了观众的多少兴趣。规则极其严苛的《Q-1竞答大会》能在电视节目中抢占自己的一席之地，多亏了本庄绊。我必须承认，他很会拿捏观众的看点。

主持人继续问："那您找到了吗？"

本庄绊睁开眼，盯着摄像机摇摇头。

"我找遍了全世界，但很遗憾，我还是找不到输掉比赛的可能性。"

镜头中映出了我。我正苦笑着。如今回头再看，我感觉自己真没出息，竟然说不出几个金句。

主持人问本庄绊对我的印象。

本庄绊答："我认为，他是日本现在最懂竞答的人。"

"但是……"本庄绊话锋一转，"我的大脑里装着全世界。"

会场一片沸腾。

"那么，'日本最懂竞答的人'对上'大脑里装着全世界的人'，究竟鹿死谁手呢？"主持人说完，节目进入了广告时间。

在播放广告期间，布景移动，搭建好了竞技舞台。助理导演走过来，调整了我胸前的麦克风。我们听到了"广告结束后，马上开始"的提示。本庄绊喝着撕掉标签的瓶装水，点了点头。

一切准备就绪，导播开始倒计时——"5、4、3……"

广告结束。

主持人宣布："第一届《Q-1竞答大会》决赛——三岛玲央vs.本庄绊，正式开始！"

会场上一片寂静。

"请听题……"播音员开始读题。

"这周我注意到的事……"

我按下了抢答键。抢得不错。本庄绊似乎没反应过来，没有任何反应。

按下按钮的瞬间,我还没有找到答案,心中只有"我好像知道"的直觉。我拼命转动大脑,感觉全人类都在关注我接下来要说什么。

我想起来了——那个夜晚的声音、我和哥哥的秘密、太阳沉入夜晚的海面。

片片回忆在记忆的海洋中漂浮着,我把手伸进其间,四处找寻答案。

有了!

我摸到了答案的碎片,它就在我的指尖上。我将答案翻了过来,紧紧抓住。

"《深夜的马鹿力》[1]。"我很有自信地答道。

"叮咚"声响起。会场上一阵惊叹,继而掌声雷动。

答案正确。1∶0。我领先1分。

画面上显示着题目的全文:

问题:"这周我注意到的事"是该节目的固定开场

---

1. 《深夜的马鹿力》是日本知名的广播类节目,现在很多人常说的"中二病",便来自该节目。该节目在中国尚无固定译名,目前采用网络上节目粉丝的译法。另外,"马鹿力"是"傻力气"的意思。

白,它是"广播帝王"伊集院光的节目,请问它的名字是?

答案:《深夜的马鹿力》。

❄

我潜入记忆的深处回想着。

那是小学一二年级的时候,我因为憋不住尿半夜醒了。

我听见上铺有人在说话,但又感觉是错觉,上完厕所回到被窝时,上铺的声音还在继续。大我八岁的哥哥睡在上铺,但听到的声音却不是哥哥的。我觉得可能是闹鬼了,睡意全无。

过了几分钟,我听到了哥哥的笑声,担心哥哥是不是疯了。我鼓起勇气爬上床边的梯子,拉了拉从荧光灯垂下来的灯绳,打开了灯。哥哥的一只耳朵上戴着耳机,他看到我,吃了一惊。

"你在干什么?"我问。

"在听广播。"哥哥回答,"你能听到声音?"

我点点头。

"我把音量调小,别告诉妈妈我这么晚还没睡。"

"知道了,我保密。"说完我关掉了灯。

第二天,哥哥偷偷告诉我一个叫 Shinya no Bakajikara[1] 的广播节目。我一直误以为"Shinya"是人名,我当时有个同学就叫"真弥(Shinya)"。不过,让我产生误会的直接原因是,我当时不知道有"深夜(Shinya)"这个词。

第一次知道"深夜"这个词的时候,我有些不明就里。日语中有几个表示时间段的词,如:朝、昼、夜、夕方(傍晚)、真夜中(午夜)、明方(黎明)、夜明(拂晓)、未明(凌晨)。

这几个表示时间段的词语都以太阳的运动为基准,但只有"深夜"这个词包含了夜的"浅"和"深",是不同性质的词。当时我认真思考过夜的"深"究竟是怎样一回事,但还是不得其解。

---

1. 即《深夜的马鹿力》的日语发音。

几年后，我在图书馆调查了"朝"和"夜"的语源。那时我刚开始学竞答，需要为例会准备自己的题目。日语里"朝"（asa）的语源是"akeshida"，表示"天明时"；"昼"（hiru）的语源是"日"（hi）；"夜"（yoru）的语源是"yo"，表示"其他的"[1]或"停止"。（这些词的词源说法不一、莫衷一是，在题目中是不会出现的。）

那时，我喜欢上了"深夜"这个词。从最初的不明就里，到之后的喜欢，是因为我觉得它包含诗意。

太阳落入夜海，慢慢沉下。不久，太阳潜入了夜海的深处。第一个说出"深夜"这个词的人和我——我们的心灵，经过漫长的岁月联系在了一起。

后来，我在大学参加竞答研究会时，收集了很多以"深夜"为题材的题目。也是在那个时候，我知道了"深夜的马鹿力"并不是"真弥的傻力气"。《深夜的

---

[1] 据资料显示，这里的"其他的"，意为"非白昼的时候"。

零点一分》[1]、《深夜特急》[2]《深夜食堂》……名字含有"深夜"的作品，都是我喜欢的。

之后，我第一次听了《深夜的马鹿力》，其间几次捧腹大笑。

听完我很亢奋，立刻给哥哥发了一条LINE。哥哥马上回信说："你刚才也在听吗？"我回："'这周我注意到的事'真的太有意思了。"

从十多年前，我深夜爬上上铺开始，哥哥就一直在听《深夜的马鹿力》。

在万籁俱寂的深夜，我和哥哥在不同的地方听着同样的广播——这句话听起来很平平无奇，但我总觉得像是奇迹。

我想起了这些。

---

1. 本书原名 *Midnight Plus One*，中国大陆尚未引进，此处为直译译名。
2. 日本作家泽木耕太郎（1947— ）所著的游记类小说。

❄

我意识到了一个理所当然的前提。

那就是——在答题时，能答出正确答案，必有其原因。因为有过某种经历，所以才会说出答案。没有经历过的事情就说不出正确答案。

在解题时，有时我会觉得自己化身为一张金属滤网，正不断地从世界中淘出东西。所谓生存，就是将这张滤网不断织大，再将网眼缩小。通过这张滤网，我们会发现世界的丰富与多彩，即发现那些此前从未注意到的东西。我们会为之战栗，而这战栗的次数，也会化为竞答时的实力。

在我正确回答出《深夜的马鹿力》后，主持人对我说："真是一个好的开局。你是怎么推测出答案的呢？"

　　我觉得不能说太多话而占用直播的时间，所以只答道："我以前出过类似的题目。"如今回看录像，我有些后悔。我说的是实话，可这个回答实在无趣。这也就是现场直播，所以我那无聊的回答才能在全国范围内播放，如果是录播，应该会被剪掉。

　　现在回想起来，其实能说的很多。我可以说"这是哥哥喜欢的节目"。如果说得再煽情一些，我还可以补上一句"也是我喜欢的广播节目"。

　　当然，在节目当中没有那么多时间，让我说出自己和《深夜的马鹿力》有关的全部事情。

　　那一晚，从床上传来的声音、床铺梯子的金属手感、兄弟之间的秘密、夜晚沉入大海的太阳——这些东西虽然不会在题目中出现，但至今仍在我心中，在我心中很深的地方与抢答题联系着。我让滤网穿过了"世界"这片大海。

　　"我们继续第二题。"主持人说道。
　　"请听题——"播音员开始读题。

"幸福的Jia——"

本庄绊也动了，但还是我抢先一步。

有个印度人从我脑海中经过。我拼命追赶路过的印度人。不对，不是他。离开我的大脑吧。之后又出现一个尼泊尔人，我也赶走了他。也不是他。现在不是他出场的时候。

我调整呼吸。

我知道这句话。我绝对知道，非常熟悉，也看过很多次。来，告诉我吧。接下来是什么？

等到印度人和尼泊尔人消失得无影无踪，我的脑海中终于响起了下面的内容——幸福的家庭都是相似的，不幸的家庭各有各的不幸。

"《安娜·卡列尼娜》。"我答道。

"叮咚。"答对了。如果说第一题时会场发出的声音是"惊叹"，那么现在发出的声音则更接近"赞叹"。可能观众席上还是有不少懂竞答的人，虽然这道题不算偏题。

2∶0。我领先。

问题:"幸福的家庭都是相似的,不幸的家庭各有各的不幸。"这是俄国著名作家托尔斯泰某部小说的开头。请问这部小说的名字是?

答案:《安娜·卡列尼娜》(*Anna Karenina*)。

❄

在某个地方有位印度人。这位印度人开了一家咖喱店，但总是门可罗雀，他为此而发愁。为了招揽客人，这位印度人打算研发全新的咖喱。咖喱是很多人都喜欢的美食，也因此有了很多种类。他想到的"新咖喱"中，大部分是已经有人做过的，比如干咖喱、菠菜咖喱、酸奶咖喱等，还有一些想法单纯因为难吃，所以没人去做，比如大便味咖喱、咖啡咖喱、咖喱果汁……

思忖良久，印度人决定踏上旅程，寻找传说中的香料。那传说中的香料被某处的孟加拉虎所喜爱，所以储存在了虎穴中。印度人在旅途中好几次差点儿丧命，也差点儿放弃传说中的香料，但对"新咖喱"的渴望促使他向深山进发。最后，他终于在虎穴中找到了传说中的香料。死里逃生回到店里的印度人用传说中的香料调制了"新咖喱"。

一口吃下，印度人怔住了，因为并不好吃，然后印度人嘟囔道："为了那样的咖喱……（我怎么能赌上性命啊）"

这是初中一年级时我想出来的故事。我在脑海中回想到了最后，但我发现故事有个问题，故事的名字叫《为了那样的咖喱》。如果是印度人刚吃完就喃喃自语，那最后的结尾就不应该是"为了那样的咖喱"，而是"为了这样的咖喱"。因为若是"那样"，说明这咖喱应该已经不在印度人的手边了。

想了一会儿，我对刚才的故事做了如下修改：

故事主角还是那个印度人。在他的店铺旁，有个尼泊尔人，是他的竞争对手。尼泊尔人得知印度人踏上了寻找传说中的香料之旅后，暗自窃喜。为什么呢？因为尼泊尔人也曾经考虑过同样的事情，并得到了传说中的香料。尼泊尔人知道用了传说中的香料，也不会做出好吃的咖喱。所以，印度人的这场旅途毫无意义。尼泊尔人这样嘟囔道:"为了那样的咖喱……(赌上性命真是愚蠢)"

但是,我又重新思考了一下——还是不对,在这种情况下,不应该是"那样的咖喱",而是"那样的香料"吧。尼泊尔人只知道香料的事情,但不知道印度人究竟会用香料做出怎样的咖喱。

那不如这样,孟加拉虎的虎穴里,保存的不是"传说中的香料",而是"传说中的咖喱"?那就变成了老虎做了咖喱,作品的类型就会变成虚构或童话。

想到这里,我睡了过去……

我父亲酷爱读书,家中有不少藏书。因为实在太多了,他把自己房间里装不下的书都放在了我和哥哥的房间。因此,我的房间里有好几个父亲的书架,摆着陀思妥耶夫斯基、海明威、志贺直哉[1]、安部公房[2]等当时我不

---

1. 志贺直哉(1883—1971),日本"白桦派"代表作家之一,在日本被誉为"小说之神"。
2. 安部公房(1924—1993),日本小说家、剧作家。

熟悉的作家的书。我并不是从小就熟读这些书。那些书只是单纯地在我房间存在着而已。

父亲的书在我的房间里已落满了灰尘，但只要存在于我每天起床的房间，就有它的意义，特别是一位叫托尔斯泰的作家写的《安娜·卡列尼娜》，它被摆到了和我枕头一样的高度。有很多年，它都是我熄灯前看到的最后一件物品。

睡不着的时候，我常常会玩一种游戏，想象《安娜·卡列尼娜》是一个怎样的故事。一开始我会假定"安娜"是女孩的名字，想象"卡列尼娜"的部分意味着什么。我从"Karenina"中的"Kare"想到了"curry"（咖喱）[1]，再到"为了那种咖喱"，花了一年左右的时间。我觉得《安娜·卡列尼娜》是"安娜"这个女孩和"咖喱"有关的故事，为此想象了好几个故事。

我当时想象的《安娜·卡列尼娜》的故事中，最长的一个是安娜为了寻找传说中的"活咖喱"而在印度旅行的故事。在旅行的最后，安娜遇到了"活咖喱"。"活

---

1. "Kare"和"curry"在日语中发音相近，常被用作谐音梗。

咖喱"向安娜袭来，将她一口吞下，之后安娜就变成了咖喱。也就是说，《安娜·卡列尼娜》的意思是"安娜，将变成咖喱"。

我发现，如果"安娜"不是人名，而是日语"anna"（那样的、那种的）的话，故事的内容就会清晰地呈现出来。

于是我想了好几个"为了那种咖喱……"的故事，也想出了印度人和孟加拉虎的故事。思考之后，我又回头看了看故事是否恰当，标题是否恰当。我否决了一些自己花了几个晚上想出来的故事。

想到印度人和尼泊尔人的故事后，我不再玩想象《安娜·卡列尼娜》的游戏了。说来也是蹊跷，自从阅读《安娜·卡列尼娜》的小说后，我便再也无法像之前那样编故事了。

初二的某一天，竞答研究部的部内比赛上，出现了这样一题："'幸福的家庭都是相似的，不幸的家庭各有各的不幸'，这句名言是这篇小说的开头——"高桥前辈回答道："《安娜·卡列尼娜》。"当时我还答不出这道题,但还是问了一句"这是托尔斯泰的作品吗?"。

"你懂得不少啊。"高桥前辈称赞道。

那天回家后,我便拿起《安娜·卡列尼娜》,开始读了下去。

幸福的家庭都是相似的,不幸的家庭各有各的不幸——读了开头,我很兴奋。原来题目就在枕边。

那天,我躺在床上,感觉自己的周遭都是题目。

我对这个世界一无所知。我的枕边曾经就有一道我还不知道的题目。我的脚边和指尖都有题目。我现在躺在床垫上,床垫的弹簧是谁发明的呢?枕头是在哪个国家、哪个时代发明的呢?"床"这个词的词源是什么?《安娜·卡列尼娜》旁边还放着一本《战争与和平》。那本书到底有怎样的故事呢?

我闭上眼睛,无数个还不知道答案的题目包围着我。

❄

"又是漂亮的抢答!三岛老师,现在您已经领先两题了,今天您的状态如何?"主持人问我。

大概主持人也意识到,我无法在镜头前说出一些金句妙语,所以他没有问我如何推测出答案,而是问了我一个容易回答的问题。

"状态非常好。"我答道。

主持人转向本庄绊。

"我想本庄老师刚才也在抢答,您知道答案吗?"

"是的。"本庄绊回答,"我现在的心情,就像被伏伦斯基夺走安娜的卡列宁一样。"

主持人不解:"这是什么意思呢?"

本庄绊答道:"这是《安娜·卡列尼娜》的故事。简单来说,就是'不甘心'。"

会场沸腾了。

撇开竞答的实力不谈，本庄绊作为一名电视演员，拥有超群的实力。怎样做才能让节目活跃起来，让观众感兴趣？说什么才能拍出精彩片段？说多少话才不会影响直播的节奏？这些都在本庄绊的计算之中，他也因此做出了恰当的评论。他能瞬间说出这样的话，而我绝对不能。

在现场时，我没有听到本庄绊的评论。因为我曾经对《安娜·卡列尼娜》展开过各种想象，当时答对了这题，真是兴奋得不得了。在我十二年的竞答生涯里，已经好几次捡到《安娜·卡列尼娜》的题目了。

多亏父亲在我的房间里放了托尔斯泰的书，我才能答对这道题。

主持人说："我们进入下一题吧。"

会场顿时安静下来。

"请听题——"

我把注意力集中在右手上。

"请说出其全名。1915年，因X射线——"

本庄绊按下了按钮。我甚至还没来得及做出反应。

在被本庄绊抢到题目，再到他做出回答的这段时间里，我意识到这道题其实是二选一。目前已知的信息是"说出全名""1915年"和"X射线"。这题是问人名，加之在这个年代出现了物理学词汇，应该是与诺贝尔奖得主有关。为了《Q-1竞答大会》，我预习了历届诺贝尔奖得主的情况。这是本庄绊最擅长的问题，我也考虑过，可能会出现相关的题目。

1915年，有两个人因X射线而获得了诺贝尔奖——亨利·布拉格和劳伦斯·布拉格父子。但仅凭这些信息，我无法判断出正确答案究竟是哪个。

"威廉·劳伦斯·布拉格。"

本庄绊犹豫了一下，回答道。他似乎没有自信，担心地盯着镜头。虽然一副犹豫不决的样子，却连不能确定的中间名都说了出来。

"叮咚。"答对的声音响起。会场发出巨大的惊叹声，虽然已经进行到第三题了，但这次的掌声是最热烈的。观众席上的人大多是本庄绊的粉丝，不过这并不是掌声如此热烈的唯一原因。还有一个原因是，本庄绊抢答的速度非常快，而且近乎赌博。

2∶1。本庄绊追上 1 分。

在现场的时候，我认为对于这道题我是无能为力的。布拉格父子以同样的成就，在同一年获得了诺贝尔物理学奖。我只有在听到"父亲"或"儿子"的时候，才能确定这个问题的答案。听到"与父亲同时"，那就回答儿子，听到"与儿子同时"，那就回答父亲。因为劳伦斯·布拉格曾经是历史上最年轻的诺贝尔奖获得者[1]，所以儿子是答案的概率稍微高一些，但顶多也就是六四开。本庄绊只不过赌赢了这 60% 的概率，我是领先的人，没必要冒这个风险。

问题：请说出其全名。1915 年，因《X 射线晶体结构分析》一文，与其父一同获得诺贝尔物理学奖，成为当时最年轻的诺贝尔奖获得者。这位英国物理学家名叫？

答案：劳伦斯·布拉格。

---

1. 劳伦斯·布拉格目前仍是最年轻的物理学奖获得者。但"最年轻的诺贝尔奖获得者"变成了巴基斯坦女性——马拉拉·优素福·扎伊。她在 2014 年，十七岁时便获得了诺贝尔和平奖。

❄

本庄绊能答出历届诺贝尔文学奖的得主，这也是他创造的传说之一。

事情发生在《超人丸》的第三期"知识达人争霸赛"。其中有一道多答案题，要求在十五分钟内尽可能地写出诺贝尔文学奖获得者的名字。本庄绊仅用了十二分钟，就写出了历届获得者的名字。

当时我在社交平台上看到了那一瞬的截图，不由得感觉太厉害了……我试着想象了一下自己能写多少人。大概能写六十人吧，不会超过七十人。我真的不知道，怎样才能在十分钟内正确写下一百多人的名字。

关于这道多答案题，我听当时参赛的山田贵树说过。山田是我初高中竞答研究部的学弟，作为"东大首席"参加了第三期"知识达人争霸赛"，输给了本庄绊。

"第三期'知识达人争霸赛'对我发出邀请时,是录制节目的前一天。"山田这样对我说,"是中塚告诉我的,马上就要录节目了,但突然缺人,导演正在拼命找参加者。"

中塚是京都大学医学部的竞答选手,参加了"知识达人争霸赛"的第一期到第三期。

"所以你是突然被叫去的?"我问。

"是的,因为正好有时间。那天傍晚,我和中塚一起去了电视台,和坂田、编导等一些人——名字我忘了,反正就是包括我在内一共六个人,我们商量了一下,说是明天下午一点开始录制。时间排得非常紧。"

"他们给你讲了节目的内容吗?"

"有大概的节目说明。我拿到了类似企划书的东西,里面写了担任主持人的艺人、播音员的名字、开始时间以及摄影棚的地点等信息,但没有太多具体内容。坂田问我有没有看过'知识达人争霸赛',我回答有,他表示大概就是那样的感觉。"

"还聊了什么其他的吗?"

"由于节目组的安排,他们需要给我加一个头衔。"

他们问我有什么头衔、特长或者引以为豪的经历。我绞尽脑汁想了想,给出了'高中生公开赛亚军''小学时曾被选拔进县篮球队'[1],但是坂田表示'没什么看头'。"

"在节目里,你的头衔是'东大首席'呢。"

"啊,说到这个……我给了他们几个选项,里面提到了我的毕业论文被选为了'一高奖'[2]。但这个'一高奖'就是教养学部的内部奖项,是颁发给努力完成本科论文或硕士论文的人。学部里有好几个人都拿了这个奖。这个奖确实是荣誉,但我也不是第一名,况且我的大学成绩也不是很好。"

"原来如此。"

"我不知道'首席'是什么。据我所知,东大没有'首席'这样的头衔。[3]在毕业典礼上发言的人,被称为'学生总代表',我也不知道学校是以什么标准选拔

---

1. 日本的"县"从行政级别上相当于中国的"省级行政区"。
2. 东京大学教养学部的前身是日本旧制的"第一高等学校(简称'一高')",而"一高同窗会"又出资创办了"一高纪念基金"。"一高奖"便是基于该基金而设立的。
3. "首席"在日本一般指以第一名的成绩考取或毕业。所以,会有一些符合这一情况的人使用这个头衔,也有人以"东大首席教你……"为卖点出书。

的。怎么比较不同专业学生的成绩呢？这种比较有意义吗？"

"确实如此。"

"录制那天，在拿到节目进程的脚本之前，我从来没有想过自己会背负'东大首席'那样丢人的头衔。我直接和坂田说了'首席这个头衔是骗人的，换一个吧'，但他只说了一句'我会考虑其他的'，并没有承诺一定会换。对了，节目组在邀请我之前，不是被一个人拒绝了吗……那个人，就是无法接受节目组给他准备的头衔而拒绝参加的。节目组给他的头衔好像是'IQ200的天才'。其实，他的经历就是——小学的时候，他是班里智商最高的，也就是这种程度。"

"学弟从第四期开始就没有参加了，也是因为这个吗？"

"很大的原因就是这个。节目最后还是以给我'东大首席'这样的头衔播了出去。有一段时间，朋友们都拿我打趣，叫我'东大首席'。"山田说道。

"竟然有这种事。"

顺便一提，本庄绊当时的头衔是"史上最年轻的注册会计师通过者"。本庄在十六岁，即高一时就通过了注册会计师考试。

"从那以后，我就害怕上电视了。这次的《Q-1竞答大会》我也是同样的态度。《超人丸》的工作人员和我说，'我们在准备种子选手的名额，您要不要直接从第二轮比赛开始'，我想我可能又会被冠以奇怪的头衔，就拒绝了。"

"多亏山田学弟没有参赛，不然我就进不了决赛了。"

"才没有，就算我参加了，三岛学长也能进决赛。"

"对了……"我将话题拉回，"我还想问问'知识达人争霸赛'的事，就是你出场的那次。我记得有一个名场面……"

"你是指那个叫本庄的人吗？回答出了所有诺贝尔文学奖获得者那个。"

"对，就是那道题。你也写了五十七个人，你记得那么多吗？"

"其实，在录制的前一天晚上，导演给所有选手发了一封邮件，说'明天的多答案题可能会涉及诺贝尔文学奖'，所以在睡前和第二天早上，我尽量去背了一下。"

"原来如此……"

"不过……本庄确实是个怪物。"山田继续道，"我本来就练过竞答，所以，我原本就记得四十个左右诺贝尔文学奖的获得者，新记住的其实也就二十人左右。当时的本庄应该还没接触过竞答，只是因为学习成绩好才上的节目，所以他肯定是从头开始背的，但一个晚上就背了一百多个人名……我在背诵方面也有两下子，但一个晚上绝对背不下这么多。"

"你觉得是有'剧本'吗？"

"'剧本'……我很难断定什么。我感觉有点儿'灰色'。不过，节目组至少给所有选手都发了邮件，这种做法看起来是公平的，而且在录制现场，节目组的人员也没有告诉本庄答案，所以我觉得，他是真的靠努力背下来的。"

"的确。顺便一问，你对本庄的印象如何？"

"这个啊……录制结束后，他来到我这里，对我说'今天感谢您的指教'。不光感谢了我，还跟其他的选手、工作人员一一打了招呼。他现在是电视上的常客，但在镜头外还是如此谦逊，我对他的印象很好。"

通过山田的话，我多少了解了一下本庄绊。

本庄这个人，能够完美地扮演别人所期待的角色。

如果节目组说"会出现诺贝尔文学奖获得者的问题"，他就会背诵所有获得者。在《超人丸》中，只要被赋予了"超人"这个角色，他就会把这个角色坚持到最后。节目组给他安上"在大脑中装下了全世界的人"这一头衔后，本庄绊或许真的尝试过，将全世界的信息保存在头脑之中。

我感觉，我多少有点儿理解本庄绊这个人了。

❄

马上就到第四题了。我做了个深呼吸，转动双肩。每当对手冒着答错的风险，侥幸答对后，我都会做这个动作。我知道，因为这种题目失分后我很容易失去冷静。但这只是对方运气好，自己的判断并没有错。即使刚才的情况再重复一百次，我也会忍耐一百次，让本庄绊按一百次，让他答对一百次。我的判断没错，所以没必要改变做法——我就像念咒一样，在大脑中不断重复着这句话。

"本庄老师，您抢得很快，您是如何判断出答案的呢？"主持人问。

"题目的开头提到'1915年'，听到这个年份的瞬间，我就感觉，从历史事件来看，能出题的范围并不大。如果是前一年的1914年，那可能性就有很多，但

1915年却很少。所以我判断，可能会出诺贝尔奖相关的问题，我只要听到下面一个词，就能抢答。因为诺贝尔奖得主的获奖领域、年份、国籍、获奖原因，我全都背下来了。1915年，生理学或医学奖、和平奖没有得主，经济学奖还没有设立。获奖者是获得化学奖的里夏德·维尔施泰特、获得文学奖的罗曼·罗兰以及获得物理学奖的布拉格父子，一共是四人。听到'X射线'这个词，我想布拉格父子中的一个会是答案。"

"那你为什么认为答案是小布拉格呢？"

"劳伦斯·布拉格曾经是最年轻的诺贝尔奖获得者。我也是最年轻的注册会计师考试通过者，所以从前我对他就有亲近感……"

主持人接过了话："原来如此，这是只有天才之间才能理解的'亲近感'。"我一边听着本庄的话，一边感到佩服，但还是觉得刚才他的抢答行为冒着很大的风险。本庄绊说的"亲近感"，是他二选一的依据，但我从不以"亲近感"为由回答问题。当然，这或许是本庄绊在说一些口是心非的话，或许还有其他判断依据，如果这个节目本身就有剧本，就不需要什么依据了。

主持人垂下眼睛，整个演播室开始准备下一个问题。我将右手放在抢答键上，慢慢闭上眼睛。

"请听题——"听到这个声音，我睁开了眼睛。

"登上山顶只需走六个台阶，海拔——"

我用力按下抢答键……只听"咚"的一声。

我按键的时间和声音响起的时间有些微妙的不合。

我确认了一下，果然是本庄绊的灯亮着。我知道答案，但还是没抢过。

"天保山[1]。"本庄绊的声音洪亮且肯定。听起来很有信心。

"嘟嘟。"答错的音效响起。本庄绊错了。观众席上有人发出叹息。

原来如此，我竟莫名地生出一股敬佩之情。正因为本庄"在大脑中装下了全世界"，才会弄错这个问题。像我这样只关注竞答的人，反而不会弄错这道题。

---

1. 天保山位于日本大阪府大阪市港区筑港3丁目2番，海拔4.53米。至于什么是"山"，虽然也有一些专业的定义，但主要取决于当地人的看法。如我国山东省寿光市境内的"静山"，是全球最矮的山，最高处距地表仅0.6米。

现在我 2∶1 领先。答错三题就要出局，即最多答错两题。本庄绊在前半段便已经消耗了一次。目前的状况对我有利——这就是我当时在舞台上的想法。

问题：登上山顶只需走六个台阶，海拔三米，是公认的日本最低山。这座山位于仙台市。请问它的名字是？

答案：日和山。[1]

---

1. 根据译者的调查，之所以能"走六个台阶爬上三米"，并不是因为每个台阶的高度很高，而是因为台阶出现在半山腰（坡上），日和山的台阶为正常高度。

❄

2011年3月11日[1]，本庄绊在山形县鹤冈市。

"我们的父亲是生物技术研究人员，当时被调到鹤冈市的研究所。"

本庄绊的弟弟本庄裕翔正在和我聊着："当时我还在念小学，哥哥念初中。对了，我们在鹤冈市一直住到父亲任期结束的2012年。"

裕翔是个彬彬有礼的青年。也许是因为练柔道，他的肩膀比本庄绊宽阔，体形也更大。他和本庄绊一样，个子很高，鼻梁挺直，但他们长得却不太像。听说他的目标是国立大学的医学部，所以他在社团活动结束后每天都要去补习班。他说："我不像哥哥那样聪明到能考上

---

1. 这是东日本大地震，即日本"3·11"大地震发生的日期。

'理三',所以每天都在拼命努力。""理三"是东京大学理科三类[1]的简称,是升入医学部的学生报考的,是日本最难考的学部。本庄绊是作为应届生考上的。

"地震发生的时候,我们一家虽然在山形,但鹤冈市位于日本海一侧,没有受到海啸和核电站的影响,只是餐具柜倒了,冰箱稍微移动了一下。不过我们父亲是仙台人,父亲那边的很多亲戚都受灾了,我记得有一段时间家里好像很慌乱。"

"你哥哥当时如何?有什么变化吗?"

"这个啊……"裕翔抱起胳膊,想了一会儿,"嗯,我说了也没事吧。我哥自己也公开说过。"

"怎么?"

"我哥在地震发生前的半年就不去上学了,好像在学校里遭到了相当严重的霸凌。具体遇到了什么,我也不是很清楚。"

"原来如此。"

---

1. "理三"的学习主要围绕生物学、化学、物理学等生命科学、物质科学和数理科学的基础内容。

"他应该在某本杂志的采访中提到过当时的情况，您读了之后应该能了解得更详细一些。我觉得哥哥在遭受霸凌之后，性格发生了很大变化。"

"是什么变化呢？"

"在那之前，他很开朗，是学校里的风云人物。小学担任过儿童会[1]会长，在当地的足球俱乐部也担任队长。我哥的学习和运动都很好，他长得也很帅，很受女孩子欢迎。但是，因为受到了霸凌，哥哥在家里也不怎么说话了，闷在自己的房间里，只是每天读着从图书馆里借阅的图鉴和书籍。父母不知道他在想什么，很担心他，还带他去看了几次心理咨询师，但什么都没有改变。"

"他为什么被霸凌呢？"

"好像是因为一件小事。因为哥哥所在班级的学生和高年级学生发生了矛盾，同学拜托哥哥去说和，但他以'和我无关'为由拒绝了。一开始同学只是骂他'胆

---

1. "儿童会"是日本小学里的一种学生自发组织。其职能类似"学生会"，但在小学阶段被称为"儿童会"。

小'，到最后全班开始孤立他。对了，这些都不是我哥亲口告诉我的，只是看了那本杂志里的采访。"

裕翔说的是杂志 *TV Fans*（《粉丝频道》），他们出了一本《超人丸特刊》，上面有对本庄绊的采访。

那时，本庄绊刚升入初中，因为午休时操场的使用权问题，他们年级与高年级起了争执。本庄绊虽然与这件事无关，但那位高年级学生和本庄绊是同一所小学毕业的，在足球俱乐部里也是本庄绊的前辈，所以本庄绊被拜托去找对方说和，希望对方能遵守大家此前的默契，即"初中一年级学生星期二和星期四午休时间使用操场"。不过，本庄绊以"你们去和老师说"为由，拒绝了此事。这似乎是被霸凌的起因。听起来非常无聊。

欺凌愈演愈烈，最后他被全班同学孤立，被逼着跳河，被强迫去超市偷拿零食和果汁。他越拒绝，霸凌就越变本加厉，最终只能对欺凌团伙言听计从。就这样，从第二学期开始，本庄绊不再上学了。据说他白天会在图书馆看书，选书并无目的，抓到什么看什么，只为读完。不过后来本庄绊的父亲实在看不下去了，表示"既然你这么想看书，那就去考点儿证吧"。于是本庄绊买来了气象预报员和注册会计师的习题集。就这样，他在初二考取了气象预报员的资格，在高一考取了注册会计师的资格。

"地震发生后，我哥又重新上学了。虽然不知道他的心境发生了怎样的变化，但直到第二年回到东京，我哥一天都没有向学校请过假。在这期间，他被霸凌的情况似乎好多了。"

"他和欺负他的人，改善了关系？"

"应该是吧。"裕翔说，"去年末，他去鹤冈市参加了初中的班级聚会。可他明明遭受了那样的欺凌。这点我无法理解，三岛大哥能理解吗？"

"我不能理解，但又感觉可以理解。虽然听起来有点儿矛盾。"

"怎么说呢？"

"我不是本庄绊，当然不了解他的心境，只是觉得他可能是去复仇。"

"复仇？"

"嗯，你哥哥回到了东京，考上了东大医学部，通过《超人丸》成为电视上的明星，在电视机前坐拥无数粉丝，在推特上也有五十万粉丝。他可能是想让以前欺负自己的人看到自己现在的样子。"

"我哥那样的人，会有这种普通人的情感吗？"

"不知道。"我回答。我真的不知道。但是，如果自己也遭遇了同样的事情，就会这么想吧。让那些霸凌自己的人看到自己成功后的样子——我和你们这种无聊的人不一样，我通过努力，提高了自己的地位。我证明了当时谁是正确的。我和你们不一样，我人很好，我给你们签名，还和你们一起拍照。但我打心底瞧不起你们——我在心里想象着。

分开时，裕翔表示："如果知道我哥在哪里，麻烦您联系我。从《Q-1竞答大会》那天开始，他就没怎么回家。"

"没怎么回家？"

"他好像每隔几天才回来一次，但都是在我上学的时候。"裕翔回道，"我妈好像也不知道他在干什么，有点儿担心。"

东日本大地震发生的那天，我正在高中参加竞答比赛。当时我还是一名高一学生，为了迎接即将举办的 ABC 竞赛，每天都在拼命地研究对策。ABC 是"短句式抢答比赛"，大学四年级以下的学生都可以报名，无论是参赛人数、比赛规模，还是冠军所获得的荣誉，都是竞答界最大的。就像体育选手参加的奥运会一样，很多学生都把在 ABC 竞赛上取得好成绩作为自己的目标之一。

我练了好几本前辈给我的专项习题集，还和其他学校的竞答研究部互换信息，向对方借了一些不错的习题集。

那天，有个后辈买来一本新的短句习题集，我们聚在一起进行研究。我到现在还清楚地记得——地震发生的那个瞬间，我遇到的题目。

问题：日本最高的山是富士山，而最低的山位于大阪市港区，它叫……？

我抢到了题目，获得了回答权。但我没有回答——我按下抢答键时，地面已经剧烈摇晃。桌上的抢答器掉在了地上，答题灯亮着。写着得分的白板已经倾斜，正在读题的人慌忙扶住了它。我握着桌腿趴在地板上，直到摇晃停止。

当时正值高中考前的放假周，教学楼的学生并不算太多。老师在教学楼里四处查看，确认有无异常情况和受伤的人。学校让全体在校生都去体育馆集合，确认安全后才允许回家。因电车停运、与父母联系不上而无法回家的学生只能在学校留宿。我从学校所在的东京都步行了好几个小时，连公交之类的交通工具都没搭，最后终于回到了千叶的家中。到家已经是晚上八点。哥哥和母亲都在家，听说父亲还在回家的路上。除了几件餐具被震碎，我家的损失似乎不大。

电视上播放着海啸引起的火灾。画面转到了半山腰，人们惨叫着，看着被海啸吞没的街道，我难以想象这些都是现实中发生的事情。

睡觉前，我想起了地震那一瞬，我遇到的竞答题，即日本最低的山。答案是——位于大阪市港区的天保山。

也就是说，在地震发生的那一天，本庄绊所说的答案，即"天保山"，确实是正确的。

又过了三年多。某天，在两国[1]举办的公开赛决赛上，我遇到了和那时一样的题目。

"日本最高的山是富士山，2014年4月，国土地理院公布了日本最D——"

我按下了抢答键。这道题就是非常典型的"转折型问题"，后半部分的内容和前面是平行的，但却是题目的主体。比如前面是"日本最高的山是……"，后面一般会接着问"世界最高的山是？（答案：珠穆朗玛峰）"或"日本第二高的山是？（答案：北岳）"等。

我在这道题上用了"预判式抢答"这招。"预判式抢答"是一种抢答技巧，即读题者读出题眼之前会有一个短暂的时间，"预判式抢答"者便要看准这个时间，在还不知道答案的状态下按下按钮，然后通过读题者在读题时留下的余音来推测答案。

比如，我在听到"在日本最……"时，就可以判断出下一个字将会是解题的题眼。读题人的余音是"D"。那么，这个问题就应该是"日本最低"。即，题目的前

---

1. 东京地名。

半部分是"日本最高的山",后半部分则是"日本最低的山叫什么"。虽然我没有听说过天保山被国土地理院认定为是"日本最低的山",但不管怎么说,答案肯定就是"天保山"。

"天保山。"

我感觉这或许就是一种命运使然——我说出了地震那天没有回答的内容。

"嘟嘟。"我听到了表示错误的声音。

问题:日本最高的山是富士山,但2014年4月,国土地理院认定的日本最低的山,即,位于宫城县仙台市宫城野区的山,名叫什么?

答案:日和山。

也因为回答错误,我在那天的比赛中失去了冠军。

回去的路上,我调查了"日和山"。日和山因为东日本大地震造成地基下沉,变成了比天保山还低的山。原来,在我不知道的时候,天保山已经成为日本第二低的山了。更有讽刺意味的是,我在地震那天没有回答的问题,因地震有了不同的答案。

不过,虽然答错了,我却有一种说不出的充实感。

我感到，竞答是"活"的。

因此，我很明白，为什么本庄绊会误答为"天保山"。因为我也犯过同样的错误。几年前，日本最低的山确实是"天保山"。

本庄绊原本就不是竞答选手。正因为如此，他不知道保存在大脑中的"全世界"正在更新。当然，知识不是自动更新的——之前的通说被证明是错误的，新的通说就此诞生；学者的研究，会让人们对物质性质的定性发生变化，会让悬而未决的数学难题得到证明。地区独立产生新的国家，市町村[1]合并成为日本最大的市。世界在变化，竞答的答案也在变化。在竞答大赛上，我多次体会到这一点。

画面中央映出了本庄绊，他的神情有些诧异。我想起节目结束后我和富冢老师一起搭出租车回家时的情景。我说："我没觉得有'剧本'。"在最后一道题之

---

1. "市町村"是日本对于"市""町""村"等"基础自治体"的统称。

前，我完全没有怀疑过有造假的可能。根据之一就是本庄绊的这次误答。事先知道答案的人会自信满满地误答为"天保山"吗？知道答错后，会是这样的表情吗？在本庄绊误答为"天保山"时，如果有剧本的话，那他演得也太好了。

我想象着2011年的本庄绊。

在学校的日子每天都如同待在地狱，在愤怒、悲伤和万念俱灰的情绪中，他将自己关闭在房间中。尽管如此，他还是想了解这个世界。他读着从图书馆借来的书，试图在脑海中创造出另一个世界。或许，他了解到"天保山"的事，也是在那个时候，在图书馆借的书中，某处写着当时日本最低的那座山。

经过那场地震，本庄绊的内心发生了一些变化。虽然还不知道发生了什么变化，但本庄绊决定再一次走出自己的房间。在山形县经历的事情，应该对本庄绊的竞答人生产生了很大的影响。

"山形县"这个词让我想起了"小野寺主妇洗衣店"。小野寺主妇洗衣店是以山形县为中心来开展连锁洗衣业务的。本庄绊住在山形县，对小野寺主妇洗衣店很熟悉。

我明白本庄绊为什么知道小野寺主妇洗衣店了。

当然,我还没有摸清这个谜题的整个答案,但我一直在稳步前进着。

❄

竞答题里存在着"题眼"。或者说,大家都认为题目里会有"题眼"。

所谓"题眼",即解题的关键点。在读题之前,答案的可能性是无限的,但随着题目不断被读出,答案的选项会逐渐减少。然后在某个时间点,选手会将答案锁定在一个选项上。

假设有这样一道题——"这本书的书名,表达出了任务的时限,即'零点一分'。它是一本硬派小说,作者是加文·莱尔[1]。请问这本书的名字是?"在听到"这本书的书名,表示出了任务的时限,即'零点一分'"时,就可以知道,本题的答案只有"《深夜的零点

---

1. 加文·莱尔(Gavin Lyall,1932—2003),英国小说家。

一分》"。

当然，竞答题的范围包罗万象，所以除了"《深夜的零点一分》"，或许还有以同样理由命名的作品。严格来说，答案要在题目被全部读出之后才能确定，但从现实而言，竞答题不可能没有答案，无答案就无竞答。所以在（竞技性竞答）题目的某个地方，一定会有答案存在。

竞答选手的基本战术是在"题眼"出现时，按下抢答键，并说出正确答案。为了发现"题眼"，或者为了通过"题眼"确定答案，竞答选手要将各式各样的知识装进脑子里。如果掌握了别人不知道的信息，就能比其他人更早地确定答案。

比如刚才那题——"登上山顶只需走六个台阶，海拔三米，是公认的日本最低山。这座山位于仙台市。请问它的名字是？"其实竞答选手在听到"登上山顶只需走六个台阶"的时候，就可以确定答案了。登山路共有六阶，能被当作竞答题目的，只有"日和山"。但是，我并不知道日和山只有六阶登山路的这个信息。我判断，这道题大概是在问海拔很低的山。我一边想着，一边等待着下一个信息。就在此时，本庄按下了按钮（结果他答错了）。

对我来说，"漂亮的抢答"就是在确定答案的瞬间进行抢答，并有百分之百的自信说出正确答案。这种竞答美学，我想会得到很多选手的认同。

"三岛老师，运气不错啊。"主持人表示。

唉。主持人不是竞答选手。他不会明白，在本庄绊抢到的那一瞬间，我并没有觉得自己是幸运的。按理来说，这道题应该由我来抢到并回答。站在舞台上的我，首先有一种被本庄绊打败的心情。

"是啊。"我只回了这么一句。我的反应真的很无趣。

现在回想起来，我当时应该顺着本庄绊的错误答案"天保山"说下去——本庄老师回答的"天保山"其实是日本第二低的山，在东日本大地震导致日和山的海拔降低之前，天保山确实是日本最低的山——至少观众能知道本庄绊为什么答错了。

"本庄老师，您答错了这题，现在的心情如何？"

主持人接着说。

　　本庄绊停顿了几秒，之后说："意大利国家队主力球员罗伯特·巴乔在1994年美国世界杯决赛射失点球后说过'只有有勇气去射点球的人，才会射失点球'。只有有勇气答题的人，才会答错。"

　　"您说得真好。"主持人回应。

　　本庄绊又补充道："没有，我只是不服输。"

　　画面的另一端，我张着嘴。我记得很清楚。本庄绊的能力让我目瞪口呆，他在现场直播中口若悬河，将自己的错误答案变成了知识、化为了笑声。我再次感到自己是另一个世界的人。

　　主持人笑着说："好的，让我们进入到下一题。"

　　"请听题——"

　　我将注意力转向问题。我不是本庄绊，我的任务不是给节目现场拉气氛，而是答对题目。

　　"平安时代，山城国的刀匠——"

　　我快速按下按钮。我面前的灯亮了。本庄绊没有反应。

　　让我来说出正确答案——我有百分之百的信心。

"平安时代，山城国的——"听到这句话的瞬间，我就预测到答案应该是名刀"三日月宗近"，或是锻造出三日月宗近的人"三条宗近"。我在听到"匠"的瞬间按下了按钮。

现在听到的信息是——"平安时代，山城国的刀匠……"下文大概是问"刀匠造了什么"。即，这题不是问刀匠的名字，而是问刀叫什么名字。

我甚至有余力考虑这些。

"三日月宗近。"

我毫不犹豫，自信地答道。我百分之百确信这就是正确答案。

"叮咚"一声，我答对了。或许是我的抢答很漂亮，也感染到了场内的一些观众，现场爆发出了热烈的掌声。

3∶1。我的优势继续扩大。

问题：平安时代，山城国的刀匠所锻造的、被德川将军家代代收藏的"国宝"，即被誉为"天下五剑"之一的日本刀，叫什么名字？

答案：三日月宗近。

❄

我长这么大，只有一次因为竞答的关系，和一个女生好上了。

那天，大学班上一个叫饭岛的朋友突然叫我去下北泽的居酒屋。在居酒屋里，我见到了饭岛和一个不认识的女生。我刚到店里，女生就说了一句"见到真人了呢！"。

"喏，我没骗你吧？"饭岛面带酒色，点了点头。

"怎么回事？"我一头雾水。

"她说她喜欢《1 to 100》。我就跟她说，之前有个朋友上过《1 to 100》，她好像也看过你上节目的那一集，就表示想见见你。"

《1 to 100》是电视竞答节目。一名竞答选手与一百个外行同台竞技。在竞答研究部的介绍下，我也参加过。不过我的表现一般，在决赛前就被淘汰了。

饭岛的这位女性朋友向我打听了很多有关节目的事情。比如主持节目的演员，录制节目的流程等等。我还告诉她，担任主持人的演员是我的老乡，我们在休息室稍微聊过几句，在录制前，节目组还给我们拿了寿喜烧便当等事情。

过了半小时左右，那个女孩的朋友也来了。两人好像是高中同学。女孩名叫桐崎，在专门学校[1]上学。

桐崎似乎有些不自在，也不怎么说话。我感觉她只是听着饭岛说话，然后赔着笑脸。

我们四个人喝了酒，在电车停运前离开了居酒屋。桐崎和我同一个方向，我们在小田急线的站台上一起等车。

她突然被叫去参加陌生人的聚会，也没有聊得很融洽，我觉得有点儿对不住她，便问道："你平时有什么爱

---

1. 日本的"专门学校"类似中国的"高职院校"，一般招收高中毕业生。和中国"高职"不同的地方在于，日本的"专门学校"学制一般为1年至4年。学习2年至3年可获得"专门士"学位，学习4年可获得"高度专门士"学位，"高度专门士"在考学和就业上等同于普通大学的"学士"。

好吗？"

无论她的爱好如何，我都能和她聊起来。我敢这么问，是因为我一直在练习竞答。

"就算我说了，别人也很难和我聊到一起……"桐崎不好意思地低下了头。

"你应该知道吧。不管你说什么，我都有能力和你聊起来。"我说。

我也不知道自己为什么会那样说话。可能是因为喝多了，也可能是因为有点儿动气吧。当时我读大二，在那一年的公开赛上七次夺冠，有一种"不知道什么叫对手"的傲气。当时我觉得，这个世界上不存在自己接不上的话题。

"……我喜欢日本刀。"她小声说。

"比如三日月宗近？"我问。

"是的！你是怎么知道宗近的？"

桐崎突然大声说，稍稍吓了我一跳。

"三日月宗近与童子切安纲、鬼丸国纲、大典太光世、数珠丸恒次等四把刀，合称'天下五剑'。"我接着说。

"数珠丸你也知道？"

"嗯，我为了答题学过。"

"把你知道的其他日本刀的信息，都告诉我吧！"

在回家的电车上，我说起了自己知道的日本刀的知识。日本刀有太刀、刀、胁差[1]、短刀等种类。太刀的长度在两尺[2]以上，大太刀在三尺以上，不满两尺的被称为小太刀。有弧度的太刀，即所谓的"日本刀"，自承平天庆之乱[3]后开始制作。

桐崎快要下车了。她表示："我还想了解更多关于日本刀的事。"我索性要了她的联系方式。就这样，我们之后又见面了。

我们约了四次会，之后成为男女朋友。她称我为"博学君"（理由是无论什么话题，我都能接上）。

交往一个月后，桐崎告诉我："其实我是迷上了一个

---

1. 一般作为武士的备用刀使用。
2. 现代日本尺的1尺约等于30.3厘米。2尺以上即60厘米以上。
3. 发生于公元939年。此时中国处于"五代十国"时期。

叫《刀剑乱舞》的游戏。"

"好像是一个把日本刀拟人化的游戏?"

"对。第一次见面时,我对你说过'我喜欢日本刀'吧?指的就是《刀剑乱舞》。"

"原来是这样啊。"

"我怕别人觉得我是Otaku[1],感觉有点儿丢人,所以就没说。"

"没什么好丢人的,我也是竞答的Otaku啊。"

"我周围没人玩这个,能聊到刀剑的话题我很开心,那天我心情有点儿不好。"

"其实吧,你别看我好像对日本刀的事情如数家珍。但那些都是我背下来的竞答知识,我从没见过实物。"

"那我们去看实物吧。"桐崎提议。之后,我们去东京国立博物馆看了三日月宗近和童子切安纲。

---

1. "Otaku"又译为"御宅族""御宅控",但本词在传入中国后,发生了一些变化,现在中文的"宅""宅男""宅女"多和喜欢闭门不出有关。"Otaku"的原义一般指沉溺、热衷或精于某个领域的人。在20世纪80年代后期,由于"宫崎勤事件('Otaku'犯下的恶性连环杀人案)"的影响,"Otaku"一词在日本具有明显的贬义色彩,1990年后逐渐趋向中性,现在很多时候只是单纯指"发烧友""粉丝",但在日本的网络和漫画中,"Otaku"的形象还是较为刻板。

后来，我们又去了其他博物馆和美术馆。我将自己掌握的知识讲给她听，她听得很开心。为了让她感觉有趣，我总是提前做好准备（当时学到的知识，在后来的竞答比赛中多次派上了用场）。

我为了竞答学过不少关于美术品、绘画、雕刻、建筑等方面的知识，但都是纸上谈兵。我和桐崎一起去看了实物。大学暑假，我们两人花了两周时间去了意大利、法国和西班牙，还商量好下次一起去希腊。

以前，这些东西对我而言，只是作为知识的文字信息，但因为桐崎，这些文字信息和我的现实世界有了关联。

※

　　我觉得自己抢得很漂亮——在确定答案的瞬间，飞速按下抢答键，并抱着百分之百的自信说出答案，斩获了分数。

　　主持人问我："您对日本刀也很了解吗？"

　　我回答说："我在收藏三日月宗近的东京国立博物馆看到过实物。"虽然比不上本庄绊，但这句话的水平并不差。这既直接说明我能回答出题目的必然性，也提示了三日月宗近被收藏在东京国立博物馆的信息。而且最重要的是，我说的是事情，是自己的故事。我还清楚地记得和桐崎一起看过三日月宗近的实物。

　　"本庄老师好像没反应过来，这道题是不是有些难度？"

　　本庄绊回答说："三岛老师按得太快了，我没抢到。"

的确是个难题。如果桐崎没有出现在我的世界里——又如果，她不是《刀剑乱舞》的粉丝——我应该也不能抢答出来。

我越发确定，我今天状态很好，运气也不错。

今天会赢。

每隔几年，我在比赛时，就会有一次这样的感觉。出现这种感觉的时候，我都赢了。

"请听题……"播音员开始朗读。

"其作为画家，也留下了国宝《Tao Jiu》……"

我的答题灯亮着。我下意识地按下了抢答键，下意识地做出了"我知道"的判断，然后想也没想地按了下去。我越是状态好的时候，越容易遇到这种情况。

可怕的是，我在按下的时候，完全没有头绪。

我在脑海中重复听到的信息。值得注意的是"其作为画家，也……"这一部分。后文大概是想说，"这个人在绘画方面也有成就，因国宝级作品《××》而闻名"。也就是说，题目想问的是人名。这个人，除了是画家，还有其他身份。

阿道夫·希特勒从我的喉咙中探了出来。我赶走了他。不是你。的确，你原本是个画家，最后却成了独裁者。不过，希特勒与国宝级的作品无关，而且这档竞答节目可是晚上七点开始在全国直播的。希特勒出现在这种节目上并不合适。

黑田清辉这个名字浮现在我眼前。黑田清辉是著名美术家。我记得，他也担任过贵族院[1]议员。可黑田清辉的作品是国宝吗？他是明治和大正时期[2]的人，我没听说那个时期的绘画作品有哪件被认定为是"国宝"。而且"Tao Jiu"是什么，我完全想不起来，但好像在哪里听过，黑田清辉的作品里有这种名字的吗？

会场上的缄默都重重压到了我的身上。我的大脑一片空白。

我硬着头皮答道："黑田清辉。"因为没有自信，声音有点儿小。大概是错的，但我想不出其他答案。与其什么都不说超过答题时间，还不如硬着头皮回答个什么。撞上大运的可能也是有的。

---

1. 日本帝国议会制中的"一院"，1947 年废止。
2. "明治大正时期"为 1868 年至 1926 年。

"嘟嘟"声响起。我答错了。

正确答案是"宋徽宗"。

我不由得"啊"了一声。其实我知道答案。两三年前,我为电视节目做过兼职出题人,我出过以"宋徽宗"为答案的题目。所以,我才会下意识地做出"我知道"的反应。但我刚才却没想起来。

不过,我并不懊悔。这种情况对竞答而言并不稀奇。我只是因为没想起来感到无奈。比起懊悔来说,我更感到安心。因为我的手指是可靠的,我比本庄绊早一步抢到题目,而且还知道答案。最后没能想起来,纯粹是运气不好。

3∶1。我还领先。

题目:其作为画家,留下了国宝《桃鸠图》[1]等作品。在1127年靖康之变中被金国掳走的北宋末代皇帝是?

答案:宋徽宗。

---

1. 《桃鸠图》现藏于日本,为日本"国宝"。

❄

在长年的竞答生涯中,有一种情感已经被我抛弃了。即羞耻感。

比如,对初次见面的女生说出"不管你说什么,我都有能力和你聊起来"这种话——对于正常人来说,肯定是羞于启齿的。他们日后回想起自己说过这种话,估计会羞得想砍掉自己的脑袋。但我并不觉得这有什么。从初三开始,我就开始抛弃自己心中的羞耻感了。到了高二,我完全失去了这种情感。当然,是好是坏,另当别论。

我从初一开始正式练习竞答。初三时,无论是参加部内的比赛,还是部外的公开比赛,我总拿不到成绩。我在笔试中的成绩还不错,所以可以通过预赛。但当我顺利晋级，开始进入抢答和白板答题环节时，我的胜率马上就下来了。

我对自己的实力很有自信。我积累的知识量超过其他的同期成员，我也很想在比赛中获胜，但就是拿不到成绩。

同期的中山和后辈山田都在公开赛上拿到了奖项。

在其他学校举办的例会抢答中落败后，我和当时还是高二学生的高桥部长一起去了萨莉亚。我难受得连饭都咽不下去，只是一直喝着畅饮区的乌龙茶。

"部长，怎么我就赢不了呢？"

"我知道你是最用功的。"

高桥部长边吃着汉堡，边这样说道："就知识量来说，你在同龄人中算是顶尖的。有些领域我也不如你。"

"这不可能。"我谦虚地说，不过内心却在暗想："在文学和体育领域，我是不会输给任何人的。"

高桥部长是竞答研究部的主力，在高中生公开赛上拿过冠军，在ABC比赛中进过决赛。

"对了，竞答比拼的，可不是知识量。"吃完汉堡，高桥部长放下叉子说。

"那比拼的是？"

高桥部长回答说："比的是谁更懂竞答。"

"比的是……谁更懂竞答？"

"你是不是觉得在大家面前出错很丢脸？"

"我有吗……"我一边这么说着，一边又觉得"也许是这样"。原因我知道，就在我第一次参加竞答大会时，我将"Ningen Dock[1]"，说成了"Ningen Dog"。出题人让我再慢慢说一遍，但我还是说成了"Ningen Dog"，结果被判定回答错误。其他参加者也在一旁拿我打趣："你怎么指'人'为'狗'啊。"从那以后，我就非常害怕答错。

"玲央，你抢答时按键比较慢。就是说，如果你不确定答案的话，你就不会按。但这样你是赢不了的。"

"确实，我感觉自己总是抢不过别人。"

"答对了谁都不会的问题——确实会感觉心情很爽，很有成就感，但仅凭这点无法获胜。对于大家都懂的问题，也必须去抢，去拿分。"

---

1. 指日本的精密体检。

"这点,我是懂的,可是……"

"有些风险,是必须承担的。即便从上下文来推测,正误的概率是五五开,也要比别人先抢到。'难为情''不好意思'这类情感,对于想在竞答中获胜的人来说,是多余的。要舍弃它。被人当面嘲笑也好,背后指责也罢,这些都无所谓,只要赢了就能留名。"

"怎样才能丢掉'难为情'的情绪呢?"

"有首歌叫'My Way'(《我的方式》),听说过吗?"

"是美国歌手弗兰克·辛纳屈的歌曲。他的本名叫弗朗西斯·阿尔伯特·辛纳特拉(Francis Albert Sinatra)。昵称'The Voice'。"

"说的都对,你真的很用功啊。嗯,当我感到'难为情'的时候,我就会在脑海里播放'My Way'[1]。然后我就在心里想——对,我就是这样,你有意见吗?"

"原来如此。"

之后,每当我觉得难为情时,我便会在脑海中播放

---

1. 歌词大意"我的人生即将落幕,我用自己的方式走完了一生,虽然也有些许遗憾,但回想起来,都不值一提"。

辛纳屈的"My Way"。当然，这个习惯并没有持续很久。因为竞答的时候，没有时间让我悠闲地"播放"音乐。但我一点点克服了自己的弱点。我知道，只要参与竞答，就永远无法避免答错。

不知道如何回答；抢到了，但想不出答案；靠推测下文回答，但最后答错了——诸如此类，经常发生。但我没觉得有什么，我会堂而皇之地去蒙答案。就像在学校考试时，不能把题目空着一样。竞答也一样，什么都不答也是很可惜的。即使答案不对，也先试着说出来。答错不要紧，脸皮薄且不敢说才要命。

我发现，不竞答的时候，自己也很少觉得"难为情"了。竞答和现实世界是一样的。不管遇到什么，都先尝试一下是最好的。被人嘲笑根本无关紧要。如果因为"难为情"而限制了自己的可能性，那才是真正的可惜。

竞答这种竞技活动可以改变人。踢足球、下象棋、玩歌牌、打《英雄联盟》[1]都是一样的。所有竞技都将不可逆转地改变其人。是好是坏，另当别论。

---

1. 一款竞技类网络游戏。

❄

竞答，比拼的是对竞答的理解。所谓"理解"，就是先于对方积累了多少正确答案。

我曾认为"自己在知识量上不会输给别人"，但在《Q-1竞答大会》的决赛舞台上，我面对的对手，是靠知识量无法战胜的。

不过，胜利还是会属于我。我早已改变。我比本庄绊更擅长竞答。

"答错了。三岛老师，这道题很难吗？"主持人问。

我点点头："嗯。我知道答案，但没想起来。"

"没想起来？"主持人又问。

我不明白他的提问意图，只回了一个"是"。

"本庄老师也把手放在按钮上了，您知道答案？"

"既可以说'是'，也可以说'不是'。"本庄绊说，

"在抢答时，如果确定了答案才去抢题，就会被对方抢走答题权。我们是在觉得'好像知道'的时候就去按抢答键了。在答题灯亮起到说出答案之前，有一段很短的时间，我们会在这段时间，思考这个'好像知道'的答案。刚才那道题也是一样。在抢答的时候，我们没有完全确定的答案，是抢到之后再拼命回想。"

本庄绊果然厉害，令人佩服。他察觉到我没有明白主持人的提问意图，因此对主持人和观众进行了解说。

对于不懂竞答的人而言，很难理解我所谓的"没想起答案"。他们认为，一道题只有"会"和"不会"的选项。但竞答选手不是在确定答案后才去抢题的，而是在觉得"好像知道"的时候就会抢题。对我来说，这是理所当然的，但对平时不做竞答的人来说，则很难理解。

本庄绊目不转睛地盯着镜头。画面上出现了他的面部特写。摄影机继续移动，我的面部出现在了画面当中。我的额头上淌着汗水。

镜头再次一拉，画面中出现了我们二人并排站立的场景。我身高1.71米，眼睛的位置大概在本庄绊的下颌，估计他有 1.85 米。

"请听题——"

我将注意力集中。答错对我没有任何心理影响。

"简称为'CNS'的三大……"

本庄绊按了下去。我也抢了，但没抢过。问题是什么，我已经可以预测出来了。

仅凭"CNS"是无法判断题眼的——可能是凯恩斯国际机场的代码[1]，也可能是中枢神经系统[2]的缩写。但听到"三大"一词后，我就明白了，"CNS"指的是三大学术期刊。也就是说，题目大概是"简称为 CNS 的三大学术期刊是××、××，还有一个是……？"

三大学术期刊是：《细胞》（*Cell*）、《自然》（*Nature*）和《科学》（*Science*）。一般来说，这道题应该是三选一，很难选出其中一个，但如果对竞答比赛有一定了

---

1. 凯恩斯国际机场（Cairns International Airport）位于澳大利亚，其三字代码为"CNS"。机场代码和机场现行的英文全称不一定完全对应，如"北京首都国际机场"的英文名为"Beijing Capital International Airport"，其三字代码为"PEK"，其中的"P"即北京过去的英文旧称"Peking"。
2. "中枢神经系统"，即"Central Nervous System"。

解，就会知道这道题基本上可以排除掉两个选项。但本庄绊不是竞答选手，不知道他能否知道这点呢。

"《科学》。"本庄绊答道。他的口吻毫无踌躇，而且非常冷静。

在"叮咚"声响起之前，我就知道他大概答对了。在刚才那个时机按下按钮，并且能在三选一的时候选出正确的答案，这就说明本庄绊一定学习了竞答的窍门。

也许，这场决赛比我想象的要难得多。

这时，我第一次改变了对本庄绊这位选手的评价。他在我这里从"知识渊博的电视演员"变成了"知识渊博的优秀竞答选手"。

"叮咚"音很快响起。会场掌声大作。

3∶2。本庄绊追了上来。

题目：简称为"CNS"的三大学术期刊分别是《细胞》《自然》，以及……？

答案:《科学》。

❄

　　除了"知识达人争霸赛",本庄绊第一次上竞答节目是在两年前的夏天("知识达人争霸赛"不算纯粹的竞答节目)。已经凭借《超人丸》成名的本庄绊,出演了《谁是日本第一竞答王?高学历艺人 vs 天才大学生》的特别节目。节目的视频被人传到了 YouTube(国外知名视频网站)上(可能存在侵权问题)。

　　从结果来看,本庄绊在那场特别节目中输了,而且输得一败涂地。

　　例如,在第一阶段中,"构成尼亚加拉瀑布的三个瀑布是?"本庄绊误答为"纽约瀑布、安大略瀑布、尼亚加拉瀑布"(正确答案是马蹄瀑布、美利坚瀑布、新娘面纱瀑布)。尼亚加拉瀑布位于美国纽约州和加拿大安大略省的交界处,知道这一点确实很厉害,但如果是专门的竞答选手，肯定不会答错。

　　本庄绊的回答质量很差，艺人都比他的分数高。本庄绊的心态已经乱了，在面对"地球的最高峰是珠穆朗玛峰，火星的最高峰是？"这种题目时，他乱说了一个"火星山"。主持人听罢便吐槽道："你这回答怎么和小学生似的？"（答案是"奥林匹斯山"）最终，本庄绊在第一阶段就被淘汰，听到高学历艺人对其评价为"学习很好，但不太擅长竞答"时，本庄绊只能苦笑一下。

　　本庄绊那场答错了很多，但最后在播放时，好像大部分都被剪掉了。与其说他没有什么精彩的表现，不如说，他在那次被人嘲弄成了"在学习上高分，但在竞答上低能"的形象。他就是以这种形象结束了比赛。

　　之后，本庄绊参加了很多竞答节目。虽然我没有看过他的所有节目，但据我所见，他在竞答界的定位就是"学习不错，但不会答题。经常出现匪夷所思的回答，令其他人哭笑不得"。比如说，竞答中有一些常见问题，对于学过竞答的人来说，这些问题是必会的，但到了本庄绊这里，却会出现驴唇不对马嘴的荒谬回答。有些题目考察的是选手推测题眼的能力，但本庄绊却判断错了。他向着错误的方向进行了"缜密的推理",最后说出了一个啼笑皆非的答案。其他人嘲笑着他,拿他打着哈哈——他每次参加节目就是这种感觉。这么想的不仅是我,其他竞答选手应该也对当时的本庄绊印象深刻。所以,我才会用"记忆力很好,但不会竞答"来评价他。

在坂田泰彦担任制片人的《全知全能》第四期获胜后,他发生了改变。本庄绊是《全知全能》的固定人员,之前几次比赛他都有出场,但那次是他第一次获得冠军。

我向熟人多方问询《全知全能》第四期的录像,最后终于有人给我发来了。

在那次的节目中,本庄绊与之前的表现大不相同。他答对了所有的题目,不懂的问题就跳过。他不再用荒谬的错误引得众人发笑,而是用正确的回答,使得观众和其他选手惊叹不已。

"莫霍洛维奇间断面[1]、古登堡间断面[2]、雷氏不连续

---

[1]. 指划分地壳与地幔的界面。英语为"Mohoroviic discontinuity"。

[2]. 指地核与地幔的分界面。英语为"Gutenberg discontinuity"。

面[1]""花瓣形（Petaloid）""科斯美汀圣母教堂""白濑**矗**[2]"——本庄绊答出了一些必须学习竞答知识才能回答的题目。当然，作为这个领域的竞技选手，他还是有粗糙的部分。比如说他在错误的时机按下了抢答键导致答错，或者明明题眼已经出现了，他却一直等着题目念完。

从那以后，本庄绊几乎在参加的所有竞答节目中都能获胜。他原本就拥有百科全书般的知识量，现在还掌握了此前缺乏的竞答技巧。他的抢题方式和抢题策略也越发成熟，他逐渐成为一个没有短板的选手。他用了几个月的时间，就掌握了我们竞答选手花了几年、几十年时间才掌握的知识和技术。

就这样，本庄绊接受了节目组给他的头衔——"在大脑中装下了全世界的人"，成为"任何竞答题目都能答对的超人"。

---

1. 指地震波 P 波和 S 波在地幔中突然加速的区域。英语为"Lehmann discontinuity"。
2. 白濑**矗**（1861—1946），日本探险家。第一个在南极大陆留下印迹的东方人。

我反复播放本庄绊"一字抢答"的视频。这是《全知全能》最终回的最后一题，也就是他上演传说的那次答题。

我要想办法找到他留下的痕迹——"特异功能"的痕迹，或者是造假的痕迹。

"Yi——"播音员刚刚读出一字，本庄绊便按下抢答键说出了正确答案，获得了比赛的冠军。其他选手一个个都震惊无比——"刚刚只是读了题目的一个字！"

我看了几次之后明白了原委。仔细一听，其实播音员已经发出了"Yi bao——"的声音。在本庄绊按下抢答键后，播音员赶快停住了嘴，但"bao"字的声音还是微弱地漏了出来。

当然，就算听到"bao"这个音，也无法确定答案。不过，这道题已经是最后一场的最后一题了，本庄绊到了这个阶段才出现"一字抢答"，有可能既不是"特异功能"也不是剧本。

本庄绊说出了答案"《终成眷属》"。《终成眷属》是莎士比亚的戏剧，它和《一报还一报》《特洛伊罗斯与克瑞西达》合称莎士比亚的"三大社会问题剧"。

本庄绊从"Yi bao"推导出了"《一报还一报》",他认为答案应该是"社会问题剧"中的其中一部,即《终成眷属》。《终成眷属》的原剧名为 *All's Well That Ends Well*(结局好,一切都好),这道题正好是节目的收官之题,是整个节目的最后一题,如果节目收尾能落到这个答案上,寓意相当不错。所以,选手基于逻辑性的推导,还是有可能找到答案的。竞答选手考虑题目外的因素也并不罕见。竞答不是"水平测试"那种考试,它有出题人、回答者、观众,还有故事。发现故事的能力也是竞答选手资质的一部分。

节目里并不会说明这些,只是一味凸显了本庄绊的过人之处——到了本庄绊这种水平就可以"一字抢答"。

我的心情有些复杂。

如此看来,至少本庄绊的"一字抢答",有可能不是"特异功能",也不是剧本,而是正常的竞答。当然,我觉得本庄绊不太可能做出这样的推导。虽然我觉得不太可能,但我也知道,"不太可能"并不是"不可能"。

我在想,"小野寺主妇洗衣店"那道题,莫非也是他正常的答题水平……

❄

我觉得抢答题和数列很相似。

1，2，4…听到这三个数字后，我便能发现该数列的规则，此时我就可以按下抢答键了。比如题目问："在该数列中，第十位的数字是什么？"在按下抢答键时，我还不知道答案。但抢到题目后，我会赶快计算出第十位的数字——在这个数列之中，1，2，4 的后面应该是 8，即后一个数字是前一个数字的两倍，亦即（$a_n=2^{n-1}$）。

当然，这种推理有可能是对的，也有可能是错的。因为这个数列还没有完全确定。假设 1，2，4 之后出现的是 7，即，从 1 到 2 增加了 1，从 2 到 4 增加了 2，从 4 到 7 增加了 3，亦即（$a_n=\dfrac{n^2}{2}-\dfrac{n}{2}+1$）。这个数列可能是差分数列。

综上，这道题的"题眼"在第四个数字（最起码看起来是这样）。4之后是8还是7就是本题的关键。但肯定也有其他选手明白此间的道理，如果听到8或7之后再去按抢答键，这道题就会变成和这些选手"拼手速"。

这里有两种策略：一种是"预判式抢答"，即在下一个数字还没完全读出来，但确实已经发声的时候，按下抢答键；还有一种就是押宝，在听到第三个数字，即听到"4"的时候就按抢答键〔竞答选手将这种赌博行为称为"dive（下潜）"，即靠感觉去答题〕。

当然，也有可能出现"1，2，4，1，2，4，1，2，4…"或"1，2，4，5，4，2，1，2，4…"等类型的数列，如果不听到题目的最后（第九个数字），就无法确定第十个数字。但竞答选手一般都会相信"没有人会出这么缺德的题目"，所以待题目有了一定程度的信息后便会抢答。

竞答选手的这份"相信"是单方面的，但一般都会应验。我想，出过竞答题的人就会知道那种感觉——出题人是希望别人能答对题目的。那声"叮咚"，不仅是对回答者的肯定，也是对出题人的肯定。回答者的世界和出题人的世界重叠在一起后，题目的答案才能确定。这就是竞答的妙趣。一般情况下，没人会出"缺德题"。

发现数列的逻辑后，我们按下抢答键，拼命计算，不管是五秒还是十秒，等待回答的时间并不长。超过时间即视为错误。当然，其间也有计算失误的时候，也有来不及计算的时候。有时，数列的逻辑并不是自己推测的那样。有时，你以为自己发现了数列的逻辑，但其实并未发现。在时间的压迫下，你被逼无奈，最终只得乱猜乱蒙，随便说出一个数字。

"日本最高的山是富士山——"这个问题也是同样的道理，它的后半句可能是"世界上最高的山叫什么？"，也可能是"日本第二高的山叫什么？"。（当然，竞答包罗万象，从理论上来说，也有可能前半句是"日本最高的山是富士山"，但后半句是"初春吹来的强风一般叫什么？"但这样的话，这道题的前半部分就是废话。没有人会喜欢带有废话的竞答题，正常情况下没人会这么出题。）

选手们是在考虑了各种可能性，依据具体情形，在权衡风险后，才去按的抢答键。如果完全摸清题干的逻辑，计算完毕后再去抢答，就会落后于其他人。以前我无论怎么努力都没能在比赛中取得好成绩，就是因为害怕答错，所以才会想确定了答案之后再去抢答。

将竞答题目比作数列的话，所谓"对竞答的理解"，就是以下三者的综合值：拥有能够发现各种数列可能性的知识；在计算风险的同时，能在最佳时机按下抢答键的技术；计算的速度和准确性。（更准确地说的话，大概还包括以下这些因素：在任何情况下都能发挥出最佳状态的精神力量，拥有题目中出现已知数列的运气，以及预测出题人喜欢什么数列的能力。）

本庄绊之前并不是竞答选手。他当时最大的短板在于，他不懂竞答这种竞技比赛中的"诀窍"或者说"技术"，不懂圈内人默认都懂的东西。他的知识量确实超过其他人。但是，抢答不是单纯靠知识量的。在竞答中，不可能一直出现别人不会，只有自己会的题目。在其他选手也能回答的题目上，自己能抢到多少分呢？能否比对方抢得更快？这方面技术的高低，也是对抢答的理解之一。

现在，本庄绊也掌握了"对竞答的理解"这门技术。他在题目读到"简称为'CNS'的三大——"时按下了抢答键。这道题看似是三选一，但其实不然。

问题的后续大概如此，即"简称为'CNS'的三大学术期刊是××、××，还有一个是？"

"CNS"应该会按照"C""N""S"的顺序排列，因为这是自然而然的顺序（如果不按照这样的顺序，就需要特殊的原因）。即，问题在读到"简称为'CNS'的三大……"时，答案就已经确定了。题目想问"S"是什么。答案就是"《科学》"。

"答得漂亮。"主持人说，"本庄老师是医学专业的在读学生，这个问题对您而言，应该算是简单的吧？"

"嗯。"本庄绊回答，"我从高中就开始读《科学》杂志了。"

要是在平时，我肯定会想说"喂喂，不要信口开河了"，但如果是本庄绊，说不定是真的。

主持人用夸张的口吻惊叹道："那太厉害了！"但真正令人吃惊的不是本庄绊从高中就开始读《科学》杂

志，而是他听到题眼时按下了抢答键，并答对了题目。

主持人又看向我："三岛老师好像也抢了一下，但没抢到。"我不知道该说什么，只能点头说："是。"

主持人话锋一转："精彩稍后继续。"节目进入了广告。

我记得，播放广告时我喝了水。喝水之际，我试图寻找应该在演播室里的亲朋，但灯光太过刺眼，我的眼前只有一片亮白。

就在这样边喝水边搜寻无果的情况下，我意识到，我必须改变策略。本庄绊比我想象中的更懂竞答。我完全没想到，自己会在竞答技术上输给他。对于一些自己感觉能拿到的题目，我在抢题的时候，必须更积极一些，否则，我是没办法战胜本庄绊的。

广告结束后，主持人宣布节目继续推进："让我们回来。进入下一题！"

"请听题——"

"乌龙茶中的'茶多酚聚合物'，具有抑制脂肪吸收效果，其……"

我将力量注入指尖。眼前的灯亮着。我抢到了。

可以的,这道题我可以拿下。

"冷静、冷静——"我对自己说。

题目应该是这样的——乌龙茶中的"茶多酚聚合物",具有抑制脂肪吸收效果,其缩写由四个英文字母组成,这四个英文字母是什么?

我闭上眼,展开了回想——前年秋天,我看到过这四个字母。因为工作,我当时出差,住到了京都的酒店。酒店的自助早餐区里放着黑乌龙茶,还贴着海报。海报上写着"黑乌龙茶的三大功效"。其中有一条是"乌龙茶的茶多酚聚合物具有减脂功效"。这行文字的下面有"PPAP[1]"这四个英文字母……我联想到了PICO太郎。之后,我将PICO太郎从我的大脑中请了出去。答题时间即将耗尽,我在最后关头说出了答案:"OTPP。"

"叮咚。"会场传来掌声。我的大脑内开始播放起PPAP的旋律。

---

1. "PPAP"是日本2016年的洗脑神曲。演唱者人称"PICO太郎"。歌词大意为:我有一支笔,我有一个苹果。苹果笔!我有一支笔,我有一个菠萝。菠萝笔!苹果笔、菠萝笔……笔、菠萝、苹果、笔!笔、菠萝、苹果、笔!

4∶2。我的优势扩大了。

问题:乌龙茶中的"茶多酚聚合物",具有抑制脂肪吸收效果,其缩写由四个英文字母组成,这四个英文字母是?

答案:OTPP。

❆

国王只要保住自己的王位，便能衣食无忧，但"竞答王"可没这种待遇。大学三年级时，我参加了十五项公开赛，七次夺冠，三次获得亚军。在日本，那年能在如此多的竞答大赛中获胜的人大概只有我。但虽然七次夺冠，我却没有一毛钱的奖金。

一箱大间[1]金枪鱼罐头、蔬菜汁、印有人寿保险公司logo（商标）的透明文件夹、两个奖杯和"初代博学博士"奖状，就是我在那一年的竞答比赛中得到的全部奖品。电视上那些竞答节目往往有着高额奖金，但我参加的这些竞答比赛甚至有很多需要选手自备便当，所以不可能有什么豪华的奖品。即使你在竞答方面能力很强，

---

1. "大间"是青森县下北郡大间町的品牌。

也不能仅靠竞答生活。

当时我在找工作，而我对工作最为看重的条件便是——在工作之余，我还可以继续竞答。

这就意味着，这份工作必须是周六日双休，加班也不能多。有时我还会搞些副业，比如参加电视节目，这份工作也必须允许我这样。

竞答可以说对找工作有用，也可以说没用。比如有一次，我表示自己上过电视后，面试的现场气氛变得热闹起来；还有一次，我根据面试官的情况，给对方讲了一下和其老家有关的知识。有几家公司给我发了offer（录取通知），我从中选了一家医学出版社。那是一家不大的公司，主要出版医疗和医学方面的书籍。

从学生时代便开始和我交往的桐崎在旅行社找到了工作。工作之后，我们都离开了父母家，我们在永福町合租了一套一室一厅的公寓，开始了同居生活。

竞答研究部的那些同期，在工作后一个个都离开了这个圈子，不过我留了下来。虽然学习时间比以前少了，但我在比赛中的成绩还是不错的，偶尔还会被电视台邀请上节目。

工作后第一年的那个秋天,公司派我去京都参加了一场医学方面的研讨会。本来要我和上司一起去的,但在临出发前不久,上司有了别的工作,最后是我独自前往的。我计划在京都住两晚。一晚是为了工作,一晚是为了参加在关西举办的公开赛。

第二天早上,为了赶上九点半召开的研讨会,我前往酒店内的餐厅,打算吃顿早饭。在餐厅入口处,服务员对我表示:"我们接待了一个修学旅行的高中生团体。现在这些学生正在用餐,如果方便的话,您过三十分钟再来比较好。"我不记得在办理入住的时候,有谁提示过我这些。我看了看表,判断延后三十分钟的话,就赶不上研讨会了。

"抱歉,我接下来要去工作,等不了三十分钟。"

服务员见状道:"您可以用餐,只是可能会有点儿吵。"

"没事。"我答道,然后走进餐厅。原本就不宽敞的餐厅里挤满了高中生,几乎座无虚席。我在卫生间前面的角落坐了下来。刚坐下,LINE 上就收到了桐崎发来的消息。

"早啊，京都的早晨感觉如何？"

"我的周围都是高中生。"

"嗯？"

"我在酒店吃自助早餐的时候，碰到了一群正在进行修学旅行的高中生。"

"看来心情不错。"

就在我思考如何回复时，桐崎又发来一条"等你回到东京，我有话跟你说"。

"啊？"我不解。

"在东京见面说。"

我回了一个"好的"，同时开始思考，桐崎究竟是要找我谈什么呢？

"有话要说"的"话"究竟指什么？

我不擅长猜这种东西，不擅长这种"竞答"。假设这不是一道偏题，我首先想到的就是和"结婚"有关的话题。我觉得，我们还没到谈婚论嫁的时候，但桐崎或许不是这么想的。那是我们交往的第四年，当时我二十三岁。我们还没有具体谈过结婚的事。不过，任何事情都存在"第一次"。也许刚才她提的,就是我们针对这个话题的"第一次"。

当然,也有"调动工作"的可能。在她找到这份工作的时候,我就听她说过"会有频繁调动工作"的情况。她这是刚进公司的第一年,是在吉祥寺[1]的分社工作,之后可能调到大阪或名古屋。

我想了几种可能,但都没有确凿的依据。我不知道她要找我谈什么。

我站起身,走向自助取餐区。我拿了沙拉、小碗腌菜、鲑鱼块、纳豆、海苔、味噌汤和米饭,往玻璃杯里倒了牛奶回到座位上。现在四周都是高中生,我明显是其中的异类。我感觉有几个高中生正盯着在餐厅一角默默吃饭的我。

正当我起身去添牛奶时,我听到远处有人说"我们赌一赌他要拿什么"——他们在压低声音说话,似乎想拿我打赌。只可惜我的听力很好。即使在节目录制现场等嘈杂环境里,我也能通过读题者朗读时不经意发出的

---

1. 东京地名。

微弱声音推测出正确答案，也凭借这项能力在大赛中获得过冠军。

"输了的人，要把这杯混合饮料都喝光哦。"

我朝声音的方向瞥了一眼。玻璃杯里有混合了咖啡、橙汁和牛奶的茶色液体。有那么一瞬间，我和一个高中生四目相对。我听到他们有人说"我赌牛奶"。另一个高中生说："我猜他拿酸奶。"接着我又听到"小蛋糕""意式浓菜汤""苹果汁""饭后的咖啡"等声音。

原来如此——现在，我成了一道题。

问题：我去餐区会拿什么呢？

我现在成了竞答之神。答案是什么，完全由我的意志来决定。我在饮料台前停下脚步。我听到赌"小蛋糕"和"意式浓菜汤"的那两个孩子小声说："喂，继续走啊。"

我拿着喝完牛奶后已经泛白的玻璃杯，向饮料区伸出手。赌我拿"牛奶"的高中生估计已经认为胜券在握了——应该不会有多少人会往喝完牛奶的杯子里再倒上其他饮料。

我将手伸向了牛奶壶……然后虚晃一枪，将旁边的黑乌龙茶倒进了玻璃杯。"这……"有人发出了声音。抱歉啊,我在心里嘀咕道,答题可不是这么简单的。我可不会让你们这么简单就答对。

我端着杯子,里面的黑乌龙茶混着白色。我又抬起头,看到眼前贴着黑乌龙茶的海报。

我从没觉得自己的记忆力很好。我不擅长那些要靠背诵的科目，甚至即便我和对方打过一次招呼，也经常会忘记对方的名字。我知道有些人会对竞答选手的知识量感到惊讶，认为他们的大脑结构和自己完全不同，但我真的不是这样。当然，也可能存在着大脑结构完全异于常人的选手。比如本庄绊，他能一晚上记住所有诺贝尔文学奖获得者。但他的这种绝活，我确实学不来。

　　我在酒店吃自助早餐时，看到了黑乌龙茶的海报。我只看过那张海报一次，却能回想起乌龙茶聚合多酚的简称是"OTPP"。不过，这不是因为我有什么特殊的能力。

　　在海报上看到"OTPP"这几个字母时，我首先想到了"PDCA"，这是一种人们在进行业务管理和质量管理时使用的有效方法，由 Plan-Do-Check-Action 这四个单词的首字母组合而成。同时，我想起了竞答比赛中经常出现的那些四字母缩写——"ICBM"指洲际弹道导弹；"LGBT"表示性少数群体；最后我想起了 PPAP。PPAP是歌名的缩写，歌曲原名叫"Pen-Pineapple-Apple-Pen"（笔-菠萝-苹果-笔），由原搞笑组合"SOKONUKE AIR-LINE"的古坂大魔王扮演的 PICO 太郎演唱（"PPAP"也有电脑安全操作流程[1]的意思，这方面也出过题目）。

看到"OTPP"时，我想了一下——"OT"应该是乌龙茶（Oolong Tea）的首字母，第二个"P"是多酚（Polyphenol）的缩写。我推测，另一个"P"应该是表示"聚合"的英文单词首字母。[2]

我记得，当时我在黑乌龙茶的海报上看到了四个英文字母，而且是英文单词的首字母，这四个首字母让

---

1. 这里指日本信息经济社会推进协会（JIPDEC）互联网信任中心企划办公室原负责人大泰司章提出的一种企业之间发送文件的安全流程，但因为效果不大，所以推广度不高，更未在其他国家普及。

2. "OTPP"全称为 Oolong Tea Polymerized Polyphenols。

我联想到了"PPAP"。能让我想到"PPAP"，所以我推测，应该是"P"的数量不止一个，我循着当时的记忆，答出了"OTPP"。

就是说，我并不是记住了"OTPP"，我只是记住了自己看到"OTPP"时的想法。我联想了那么多，也相应地记住了那么多。这种联想记忆，不仅对我，对在记忆方面没有信心的人而言也是适用的。

当然，看到"OTPP"后，我之所以会想到"PPAP"，还是因为我是竞答选手。知识点是互相关联的，我经常会从意想不到的地方找到正确答案。记忆就是相互交织在一起的东西。因此，虽然听起来有些矛盾，但是知识量越大，能记住的就越多。

竞答选手只是喜欢竞答，并没有"特异功能"。

主持人问："您是在哪里学到相关知识的呢？"

我回答说："我大概记得，以前在黑乌龙茶的海报上见过。"

我这个回答说不上不好，但可能会误导观众——"啊，那个人可以过目不忘，他的脑子果然和我们不一样。"

竞答选手往往会用这种方式来炫耀自己有过人之处。有时是故意的,有时是无意的,或者是用词不当。反复几次后,观众就会认为竞答选手有"特异功能"。基于此种理由,才会有人认可本庄绊的"无字抢答"。对观众而言,"过目不忘"和"无字抢答"都是一样的,都是他们无法想象的事情。

本庄绊仅凭商品条形码便能猜出商品名,有人问他其中的原委,他的回答是"自己从很早开始就会在买东西的时候,观看条形码……在反复练习的过程中,发现了其中的规律"。

骗人的。买东西的时候谁会看条形码呢……但是,如果这个人是本庄绊的话……一瞬间,我思考了一下,最后还是认为本庄绊是骗人的。

不过,观众会认为竞答选手或许都有这样的习惯,会认为这些日常习惯的积累或许和竞答选手超常的抢答能力有着千丝万缕的联系。观众会笃信这些,会相信竞答选手都有"特异功能"。

"我只能说,真的真的太厉害了。三岛老师的这个段位，可以过目不忘。"主持人赞叹道。

"一个英文单词，我很多时候看了一百遍都记不住，太痛苦了。"舞台上的助理主持开口了。看着眼前的女演员，我真想说一句"我们都一样"——我本想告诉她："单词书我看了两万遍，可最后还是记不住simultaneously（同时），考大学的时候，我还因为这个词丢过分。"但我最终没有说出口，我怕说出口后现场的气氛会变得尴尬。就是因为我忍着没说，所以我也变成了"超人"。从结果来看，别人也认为我用了"特异功能"。我为竞答选手的"超人神话"又添了一笔。

现在想想，我应该好好解释一下，我并没有用什么"特异功能"。就是因为我没有说明，才会有人认为本庄绊的夺冠说得通，也有人认为我是合起伙来一起演"剧本"的。这样想的话，或许我也有一部分责任。

"三岛玲央再下一城。接下来的一题，究竟花落谁家呢！"主持人继续推进节目。

答出"OTPP"后，我非常确定——自己今天的状态很好。最后的冠军一定是我，本庄绊的粉丝可能会失望了。

"请听题……"

我将右手放在抢答键上。来吧！无论什么题，我都会比本庄绊快！

"耶尼切里的火枪……"

"咚"的一声，本庄绊已经抢到了题目，但我还没有注意到。

听到"耶尼切里"的瞬间，我的脑海中盘旋着好几个词。"耶尼切里"指的是奥斯曼帝国的禁卫军。

世界史是我拿手的领域。听到"耶尼切里"一词后，本来范围无限大的答案，被压缩到了几个选项之中——在"耶尼切里"之前，奥斯曼帝国的主力骑兵名叫"希帕希"（Sipahi）；赋予军人征税权的制度名为"蒂马尔制"[1]（Timâr）；强制征用基督教徒男孩的制度名为"德夫希尔梅"[2]（devşirme），在土耳其语中有"征

---

1. "蒂马尔制"，指将一部分国有土地赏赐给有功军人的制度。

2. 又称"血税"，即奥斯曼帝国从其基督教臣民中招募男孩，以做兵丁。遴选出来的人便会成为"卡皮库鲁"（也有观点认为"血税"的译法并不准确，因为"卡皮库鲁"的待遇不错）。

募""聚集"的含义。指挥"耶尼切里"的君主,名叫"苏丹"[1](Sultan)。也有可能,这题要问的是"勺子"[2]或"卡皮库鲁"[3](kapikulu)。

紧接着出现的"火枪"一词,进一步缩小了答案范围。耶尼切里的火枪大显身手是在"查尔迪兰战役",指挥那场战争的是"塞利姆一世[4]"。打败的是"萨非王朝[5]",萨非王朝的主力骑兵军团名叫"基齐尔巴什[6]"(kizilbash)。构成"基齐尔巴什"的是突厥系游牧民的……什么来着……对了,是"土库曼人"。根据问题的发展,也有可能是问"耶尼切里"废除之后的西洋式军

---

1. 奥斯曼帝国的最高统治者称为"苏丹",与北非的国家苏丹(Sudan)没有直接关系,两者只是中文音译相同。今天很多伊斯兰国家的最高领导人还称"苏丹",如文莱的国王。1965年之前,马尔代夫的最高领导人也为"苏丹"。
2. "耶尼切里"的徽标。耶尼切里军团的军帽前方有一个放勺子的位置,象征着战友之间同吃同睡。
3. "卡皮库鲁"是苏丹的常备军,地位高于平民,且待遇不错,所以很多人都希望自家的孩子成为"卡皮库鲁"。"卡皮库鲁"中的一部分,又会成为"耶尼切里"。
4. 奥斯曼帝国的第9任苏丹。
5. 波斯人在伊朗建立的王朝。
6. 又称"红头突厥"。

队叫什么,那就是"尼扎姆杰迪特"(Nizam-i Cedid)。

我在几乎无意识的状况下思索了这些,意识的表层不断闪过这些词汇。

我准备答题——如果听到"1514 年"或"长篠之战[1]",答案就是"查尔迪兰战役";如果听到"奥斯曼帝国",答案就是"塞利姆一世";如果听到"基齐尔巴什",答案就是"萨非王朝";如果听到"萨非王朝",答案就是"基齐尔巴什"。

"查尔迪兰战役——"本庄绊的声音自旁边传来,将我唤了回来。我终于意识到题目早就被截断了。我只顾着裁剪出自己脑内世界的可能性,却忘了竞答这件事。

"叮咚。"本庄绊答对了。

喂喂,有没有搞错。我心中暗想。只靠那些信息还不能确定答案啊。"查尔迪兰战役"的确是几个选项中最有可能的,但目前的题干信息还有变数,根据出题人的心情,答案还不能确定。本庄绊要么是在瞎蒙乱赌,

---

1. "长篠之战"是日本战国时期的著名战役,发生于 1575 年,交战双方为武田军和织田·德川联军,最终以火器为主的织田·德川联军获胜。武田军从此一蹶不振。

要么就是不知道其他的可能性……

我站在舞台上，心中不禁暗暗咋舌。同时，我控制着自己，不要在现实世界中咋舌。如果不是现场直播，我可能真的会咋舌。"本庄就是无知者无畏吧。"我在心里吐槽。

我想象了一下，如果主持人问我"您现在心情如何"的话，我就如实回答。当然，我只是想想罢了，我还没这种胆量。

我虽然内心愤愤不平，但本庄绊确实答对了。4∶3。他追上了1分。

题目：因耶尼切里的火枪大显威力而闻名，在日本与"长篠之战"齐名的——奥斯曼帝国与萨非王朝在1514年发生的战役史称什么？

答案：查尔迪兰战役。[1]

---

1. 初期的火器精准度低、速度慢（射速和装填速度都慢）、使用条件苛刻（比如雨天很难使用），所以当时的很多军事家认为火器无法作为军团作战的主力武器。本题中提到的两个战役，均为火器战胜机动骑兵的案例（即热兵器战胜了冷兵器），属于战争史上的重要转折点。

❄

　　本庄绊参加过的竞答节目，能找到的我都找来看了。当然，都找到是不可能的，有些视频根本就找不到，有些视频在YouTube上只有一部分。但在他参加的无数节目中，我确认了六成左右。

　　本庄绊抢答的时候，有时会有些不自然。

　　一般来说，正式学习竞答之后，就会自然而然地掌握竞答选手的抢题方式，抢题一般要把握三种时机：听到题眼确定了答案时；在完全确定之前，将答案缩小到2～3个选项时；因为知识储备的问题，没抓住题眼，但通过后面的补充信息，察觉到答案时。

　　所谓不自然的抢题方式，是源自对竞答这种竞技缺乏理解，抑或无知。然而，本庄绊却正好相反。正式学习竞答后，他那种不自然的抢题反而增多了。

例如《全知全能》第十一期的第二阶段，本庄绊在听到"阪神·淡路大地震[1]后，日本导入了……"的时候就按下了抢答键。当时，他如果答错就会出局，没有必要冒着风险去赌。

从竞答选手的角度来说，是不会这么去抢题的。提到阪神·淡路大地震后，日本所导入的项目经常出现在竞答题中的，无非就是两个。其一，是运送急救患者的"医疗直升机"；其二，是根据患者的严重程度决定治疗优先度的"Triage"（检伤分类）。

在题目读到"阪神·淡路大地震后，日本导入了……"时，还没有信息能确定答案是"医疗直升机"还是"检伤分类"。也就是说，在这里按下抢答键完全是五五开的赌博。本庄绊在完全没必要赌博的情况下，按下了抢答键，回答出了"医疗直升机。"

从结果而言，在"阪神·淡路大地震后，日本导入了用于运送急救患者的工具，请回答它是什么？"这道题中，本庄绊回答的"医疗直升机"是正确答案。

---

1. 中国一般称"阪神大地震"，发生于1995年。

这道题本庄绊能答对，我感觉不是基于实力。他能抢答，并回答出"医疗直升机"，依据是什么呢？我思考了三种可能性。

一、他知识储备不够，没想到"检伤分类"这个选项。

二、知道本题是"二选一"，却不太懂竞答的规则，想靠50%的胜率赌一把。

三、节目组事先将答案告诉给了本庄绊——即，有剧本。

首先，第一种可能性很小。本庄绊是医学部学生，不可能不知道"检伤分类"这个词。他有可能不知道"检伤分类"是阪神·淡路大地震之后导入的，但他已经正式开始学竞答了。医学是他擅长的领域，这个问题又是常见题目，他不知道"检伤分类"的可能性很低。

第二种可能性比第一种还低。在回答"医疗直升机"时，本庄绊面临的状况是——对则进阶，错则出局。即使是平时不参加竞答节目的选手，也应该知道在这种情况下该怎么做。在被其他选手追平之前，选手除非极为确定，否则是不会去抢答的。正常情况下，选手会将风险降到最低。本庄绊从《全知全能》的第一期到最后一期，几乎每一期都会出场，说他不了解规则，不太可能。

如此说来，第三种的可能性自然很高了。就是说，本庄绊和坂田泰彦原本就是一伙的。他们已经准备好了让本庄绊获胜的剧本，双方各取所需——本庄绊获得"竞答王"的荣誉，坂田泰彦则通过电视明星的活跃表现获得收视率。所以，在《Q-1竞答大会》的最后一题上，本庄绊才能"无字抢答"。

可是，这个推测也有说不通的地方。本庄绊回答时，是直到答案被缩小到一定范围后，才按下抢答键，回答出"医疗直升机"。即是说，他是等到了"阪神·淡路大地震后，日本导入了……"这个时机才按下的，但此时就有可能被其他无惧风险的选手抢到题目。如果这是剧本的话，这种抢答就不太合理。在《Q-1竞答大会》的决赛上"无字抢答"这件事，如果也是剧本的话，也非常令人不解。本庄绊应该等到一个不被人怀疑的时机再去抢答，但却在题目念出之前，就回答了"小野寺主妇洗衣店"。两相对比，有些蹊跷。

我想到了第四种可能性——其实还可以压缩题目的答案范围，只是我不知道罢了。

我查了一下"检伤分类"这个概念。它最早出现在日本是 1888 年。一百多年前，从欧洲归国的森鸥外[1]，由西洋带来了"检伤分类"系统。虽然当时并没有正式引进，但在 1931 年的"满洲事变[2]"时，其实已经实施了日本式的"检伤分类"，只不过当时没用这个词。军医们按照"轻症者""重症者""无救治希望者"等类型进行了分类，排列治疗的优先顺序。第二次世界大战后，"检伤分类"在日本依旧存在，只是各个医师协会和医疗团体都制定和实施了自己的标准，结果导致了医疗第一线的混乱。阪神·淡路大地震是日本统一"检伤分类"标准的契机之一。

在阪神·淡路大地震之前，日本就存在"检伤分类"。

综上，如果题目的答案是"检伤分类"的话，就必

---

1. 森鸥外（1862—1922），日本近代著名文学家，同时也是军医、翻译家。
2. 即"九一八事变"。

须将题干写为"在阪神·淡路大地震之后，日本统一了其标准——"。严格来说，当听到题目读到"阪神·淡路大地震后，日本导入了——"的时候，答案便可以压缩到"医疗直升机"了。

本庄绊有可能知道本题的真正题眼。比起"剧本"，第四种可能性更高。如果是这样，本庄绊不仅在知识上，在竞技实力上也超过我（也要看具体类型）。我不想承认这点。虽然不想承认，但又无法合理否定。

我思考着——或许，最后一题确实可以"无字抢答"，只是我没注意到而已。就是说，答案在题目被读出之前就已经可以确定了。或者说，答案已经被压缩到了有限的范围内。

"应该不会吧。"我小声嘟囔道。

❄

　　舞台上，我做了个深呼吸，转动着双肩。当时我觉得，本庄绊没有考虑其他选项，所以才能答出"查尔迪兰战役"。但我现在知道了"检伤分类"的事，于是开始考虑其他的可能性。

　　在题目读到"耶尼切里的火枪……"时，答案可能已经确定了。

　　"耶尼切里的火枪"的后文会是什么呢？

　　根据句子的脉络推断，这道题通常问的是火枪活跃的时机，或者火枪大显神威的知名战役。我感觉题目大概是这样——"耶尼切里的火枪在战场上大显身手的那场战役，即与长篠之战齐名的、奥斯曼帝国与萨非王朝之间的那场战役，史称什么？"

　　考虑其他的可能性，也可能会这样出题："耶尼切里的火枪在战场上大显身手的查尔迪兰战役中,与奥斯曼帝国作战的王朝名叫什么?"

如果这样问的话,那答案就是"萨非王朝"。但如果是这样的话,这题出得并不好。假如"萨非王朝"是答案,题目就应该有"基齐尔巴什",才能和"耶尼切里"形成对比。"查尔迪兰战役"之所以与"长篠之战"齐名,是因为火枪兵与骑兵作战,最终火枪兵获胜。这是军事史上重要的转折点之一,"查尔迪兰战役"以后,火枪和大炮取代战马,成为战场的主角。

也就是说,题目应该是这样:"在耶尼切里的火枪兵和基齐尔巴什的骑兵展开的著名战役,即'查尔迪兰战役'中,被奥斯曼帝国打败的王朝,名叫什么?"在这种情况下,题目就不会是"耶尼切里的火枪……",而是"在耶尼切里的火枪兵……"。

"这道题好难啊,本庄老师答对了。"主持人向本庄绊说道。

"嗯。"本庄绊回答,"这题很难。"

我看着录像,感觉主持人认为的"难"和作为竞答选手认为的"难"有很大的不同。

主持人感觉的"难",主要来自词汇本身。"耶尼切利"和"查尔迪兰战役"这些都不是日常生活中会出现的。但从竞答选手的角度来看,这道题的难点并不在于词汇本身,而是在别的地方。在听到"长篠之战"这个关键词的瞬间,题目的答案就可以确定为"查尔迪兰战役"。但听到"长篠之战"之后再按,就很难抢到先手了。因此,竞答选手会将注意力放在关键词"长篠之战"出现之前,会看准"长篠之战"即将出现的瞬间(我的描述可能有点儿晦涩,简单来说就是,在题眼出现之前,就预判题眼即将出现,看准这个瞬间去抢题)。

而重点就在"耶尼切里的火枪"这一基准点——至少现在我是这么理解的。不管本庄绊有没有注意到,听到这里的时候,题目的答案就确定了。

"我知道三岛老师擅长世界史,所以我下定决心,抢在他前面按了按钮。"画面中的本庄绊说道。

"您研究过对手吗?"

"嗯,当然。进入半决赛的人,我都研究过。"

比赛时,我以为本庄绊只是嘴上吹吹。进入半决赛的一共八人，至少我没有想过去研究其他的七位选手。我也不知道自己要和谁比赛，与其研究别人，还不如利用这段时间准备竞答知识，这样才能在正式比赛中发挥作用。

如今回想起来，感觉本庄绊真的研究了对手。他拥有超强的记忆力，比赛之前，或许大脑中已经没有多少知识可装了。对他来说，比起正确答案，能否比对手更快地抢到题更为重要。针对对方擅长的领域，即使自己回答起来有些勉强也要尽早抢答。而针对对方不擅长的领域，则可以稳扎稳打——他应该做过这种研究。从他的表现看，大体上说得通。

"本庄老师又追上了1分。让我们进入到下一题。"

"请听题——"

我调整了一下呼吸。经验告诉我，遇到这种"毫无道理的答对"，重要的是，能否以平常心应对下道题。我不止一次因为心浮气躁影响了解答从而自取灭亡。我不会再重蹈覆辙了。

"现在，淡路岛保存——"

"咚"的一声，本庄绊的答题灯亮了。

我怔住了。我的指尖连动都没动，我根本想不出答案。题干会是什么？想问什么？我毫无头绪。阿久悠[1]、上沼惠美子[2]、堀井雄二[3]、渡哲也[4]、渡濑恒彦[5]……我的脑海内模糊地浮现出淡路岛出身的名人，但这里面没有人能与"保存"联系起来。

"野岛断层。"本庄绊答道。我无法想象他是如何推导出"野岛断层"的。

"叮咚。"观众席上一片惊呼。

4∶4。我的领先优势在短时间内消失了。我看着本庄绊的侧脸，只是一个劲儿地吃惊。

问题：现在，淡路岛保存馆将其认定为"天然纪念物"，并加以展示。这是一块在阪神·淡路大地震中出现过的活断层。这块断层的名字是？

答案：野岛断层。

---

1. 阿久悠（1937—2007），诗人、小说家。
2. 上沼惠美子（1955— ），女艺人。
3. 堀井雄二（1954— ），著名游戏制作人，代表作《勇者斗恶龙》。
4. 渡哲也（1941—2020），日本著名演员。
5. 渡濑恒彦（1944—2017），日本演员。

❄

我按下暂停键,将《Q-1竞答大会》的画面静止,拿起手机查看。我想起刚才富冢老师在LINE上发来了消息:"关于野岛断层那道题,我发现了一段有趣的录像。"

我给富冢老师打去电话。

"我是三岛。"

"嗯,看LINE了吗?"

"看到了,您现在方便通话吗?"我问。

"方便的。"富冢老师回答。

"您说的'有趣的录像',是指什么呢?"

"三岛,你现在还在搜集与本庄有关的录像吗?"

"还在搜集。"我回答。我和竞答圈所有的朋友都打了招呼,询问他们是否有本庄绊的节目录像,富冢老师就是其中之一。

"我这边有个叫水岛的人，在《全知全能》节目组里负责编题。他是我大学竞答研究部的学弟。你不是在收集本庄相关的视频嘛。前阵子我们研究部开同窗会的时候，我就问了他一嘴。"

"他有吗？"

"水岛参与制作题目的是第三期到第六期，他有这几期的录像。第五期本庄没有参加，所以实际上有用的是第三期、第四期、第六期。"

我拿出本庄绊参演过的节目名单，在节目名右侧的确认栏里一一核对。《全知全能》算是近期才播出的节目，视频也相对好找。我在 YouTube 上找到了一部分，在海外其他的视频网站也找到一部分（可能存在侵权）。竞答圈内的朋友有自己参加场次的录像。

"我有第三期和第四期。"我确认后答道。第四期就是本庄绊首次问鼎冠军的那次。

"看来我没帮上大忙，只是多提供了一个第六期。"

"没有没有，我想把本庄绊的录像都看一遍，哪怕只多了一期也是帮了我的大忙。"

"多亏你之前手里没有第六期，不然我就帮不上你了。"富冢老师说，"其实，那一场的比赛里，有一个与'野岛断层'相关的有趣片段。"

"是什么样的？"

"片段发生在第二阶段的抢答题，我把那部分剪了下来。我给你发到LINE上。"

我打开电脑上的LINE，点开了富冢老师发来的视频。

视频大概有两分钟，是《全知全能》第六期第二阶段的录像。

"请听题——"播音员准备开始读题。本庄绊坐在最右边的座位上。他深深弯着腰，右手放在抢答键上，左手则搭在右臂上，直视前方，眉间用力。他在各种电视节目，以及在《Q-1竞答大会》的决赛舞台上都是这个表情。

"距离阪神·淡路大地震震源最近的活断层，其中一部分在淡路岛保……"

本庄绊按下按钮，想了想，用比平时更小的声音回答:"野岛断层保存馆。"

答错了。主持人叹了一句:"可惜!差一点儿就对了。"

正确答案是"野岛断层"。其实,冷静下来稍微思考一下,就能想出正确答案不是"野岛断层保存馆"。题目是"其中一部分在淡路岛保……"。后文大概是"其中一部分在淡路岛保存着"。即,题目想问的不是保存的地方,而是保存了什么。如果答案是"野岛断层保存馆",那么"保存"一词,就和题干重复了,在命题上并不合理。

本庄绊露出了极为懊悔的表情。我看过他的很多节目,发现他极少因为答错而懊恼。无论对错,本庄绊的表情几乎都没有变化。

主持人注意到了本庄绊的表情,叹道:"真是可惜呢。"本庄绊回答说:"初中修学旅行的时候,我看到过野岛断层的实物,所以很想答对。"

"看完了。"我说。
"你怎么想?"富冢老师问道。

"我知道本庄绊能这么快回答'野岛断层'的原因了。"

"就这些?"

"您的意思我明白。"我回答。

《全知全能》的决赛和《Q-1竞答大会》的决赛,出现了雷同的题目,且这两个节目的总导演都是坂田泰彦。这就是《Q-1竞答大会》有舞弊行为的证据——富冢老师大概是这么想的。

"对吧,这题出过了啊。"

我确实很想说"是啊",但我压抑住了这种心情,回道:"还很难说。"

"很难说?题目明明差不多吧?"

"我看过本庄绊很多场比赛,而且大部分节目的总导演都是坂田泰彦。但《Q-1竞答大会》的题目和其他节目的题目雷同的这种情况,还是第一次遇到。"

"如果只是偶然,也太巧了吧?"

"很难说啊。"说着说着,我意识到自己是在替本庄绊辩解。"你为什么要这么做?"另一个我开始诘问自己。那家伙可是用不正当的手段,抢走了你一千万日元的人。

"你是在帮本庄绊说话吗?"

"我不是这个意思——"我一边回答,一边将自己重新审视《Q-1竞答大会》时所想到的东西说了出来,"……是这样,决赛第一题的《深夜的马鹿力》,我过去编过类似的题目,第二题的答案是《安娜·卡列尼娜》,我在公开赛上答对过几次。还有'宋徽宗'的那道题,虽然比赛的时候我答错了,但是过去我兼职出题的时候,出过关于'宋徽宗'的题目。"

"这是两码事吧?"

"一样啊——"我说。不过我在心里对自己叫道:"你到底在说什么?"

我知道,富冢老师是在帮我,而我现在正在试图挣脱他的援手。"——搞竞答的人都有这样的经验。就是说,能正确回答的题目,一定是和自己过去的人生经历有重合部分的。如果没有重合,我们是无法回答的。"

"你这是和我抬杠吗?"

"啊,这算抬杠吗?"

"即便是和自己的经历重合,也是有程度之分的。"

"这不是单纯的怎么出题的问题。世界是由'已知'和'未知'这两部分组成的。'已知'的部分,都和自己迄今为止的人生有关。单凭'野岛断层'还不能断定什么。这个,只是将本庄绊人生中的一个片段出成了竞答题而已。"

"你说的很深奥啊。"

我表达了一声歉意,继续道:"我正好在思考这些。"

"是思考竞答究竟意味着什么吗?"

"嗯,差不多。我不是警察,本庄绊和坂田泰彦互相发了什么样的消息,聊了什么,我无从调查。所以我想用反证法来证明是否存在剧本,我想的是'竞答选手都是依据什么来答对题目的'。如果本庄绊的'无字抢答'没有任何根据,那么就可以证明,存在舞弊的行为。"

"只要知道'竞答的时候选手们是如何正确答出问题的',就能知道本庄绊有没有舞弊。我大概知道你想说什么,但你说的这些,并没有说服我。"富冢老师说,"不过,我并不抵触你说的这些形而上的东西。"

"谢谢。"

"水岛给了我一份《全知全能》中所有题目的清单，你要吗？内容太庞杂了，我也没确认里面的内容。"富冢老师接着说。

"请您发来。"我条件反射般地回答，"和本庄绊有关的东西我都需要。"

"我觉得和本庄没有关系。"

"没事的。"

最后，富冢老师说了句"我再调查一下"，就挂断了电话。挂断电话后，我大声自言自语道："你在干什么啊？"

一开始，本庄绊是敌人，是一个不懂竞答的电视演员，用不正当手段在《Q-1竞答大会》中问鼎了冠军。但是，我对他的这种印象正在改变。本庄绊学习过竞答，实力也确实不错，也有可能发现了我没注意到的题眼。即使他不采取不正当手段，我也有可能输给他。

我的手没有任何动作，只是目不转睛地盯着暂停的屏幕，上面显示着答出"野岛断层"后的本庄绊。只见他右手摆出了一个象征着胜利的握拳姿势，一动不动。本庄绊很少会流露出感情，但现在他的脸上挂着喜悦。

当然，我非常理解这种心情。答对以前错过的题，比答对普通的题目更令人高兴。因为能切实感受到自己在成长，自己的知识也在增长。

我向画面中静止的本庄绊问道："喂，你为什么要'无字抢答'呢？为什么能答对呢？到底是正常的答题，还是你用了什么'特异功能'？"

本庄绊的表情未变，依旧摆着胜利的姿势，凝视着镜头的右上方。

如果你不告诉我的话，我只能自己找寻答案了。

我按下播放键。本庄绊动了起来。

❄

我想起自己对富冢老师说过的话：世界是由"已知"和"未知"的两部分构成的。

即使竞答回答正确，也并不意味着竞答者知道与答案相关的所有现象。即使知道加加林说过"地球是蓝色的"这句话，也不可能知道加加林看到的地球是何种蓝色。

甚至可以说，答对题目，就意味着知道了前方有一个自己未知的世界。也正因为知道了加加林的话，我们才能想象出从太空中眺望地球时，可以看到蔚蓝色的地球。

顺便一提，准确地说，加加林的原话并不是"地球是蓝色的"，而是"天空非常幽暗，而地球是蓝色的……"。我做过相关的题目，所以知道这句话。我比较喜欢后者。我们认为的天空，其实不过是太阳光呈现给我们的幻象。尽管如此，这一幻象还是告诉了我们——地球是蓝色的。

我想起了"深夜"这个词。

我想着——我是沉入深海的太阳。我能看到光照亮的部分。但是，光无法到达海底。我在海里漂啊漂，越漂我就越清楚，自己眼前的景色有多渺小，而大海又有多宽广。我也知道了，漆黑不可见的地方，究竟有多深。

观众席上依旧人声嘈杂。大概是因为本庄绊抢答的速度超乎寻常吧。主持人也感到了现场的气氛，问道："刚才整个会场的人都非常吃惊，你怎么那么快就判断出了答案呢？"

"因为我在淡路岛亲眼看过野岛断层。"本庄绊回答，"阪神·淡路大地震虽然发生在我出生前，但我的外公却是在地震中去世的。对我来说，这道题绝对不能丢。"

我在旁边左顾右盼着，应该是在思考"野岛断层"

那道题，本庄绊为什么能去抢题。我意识到自己确实无法在那个时间点按下抢答键，看了看自己的右手。虽然不知道，从已知的信息上是否可以确定刚才那道题的答案，但我可以确定，刚才那道题，我确实没办法和本庄绊抗衡。还是别想了，拿下下一题吧——我在想着这些。

本庄绊很少主动提起家人。我想起他的弟弟本庄裕翔的话，又从阪神·淡路大地震联想到东日本大地震。东日本大地震时，本庄绊住在山形县。因为被霸凌而不去上学，一直躲在自己的房间里。地震后，本庄绊再次上学。从自己房间这个小世界，走向了更广阔的世界。

"三岛老师，现在平分了。"

主持人将话题转向了我。我不知道说什么好，我思忖片刻，回道："我会集中注意力做好下一道题。"

在比赛时，我对本庄绊的抢题速度吃惊不已。当时我并不知道，其实本庄绊早就推测出了本题的答案，不知道《全知全能》里本庄绊遇到过同样的题目。

"是三岛继续奋进，还是本庄逆转局势？让我们进入下一题。"主持人说道。

"请听题——"

我的心情还没有完全转换过来,现场也还没有完全安静下来。我的大脑一片空白,心不在焉地听着读题的声音。

"问题:以地下怪物世界为舞台,操控人类小孩进行冒险,探索回到地面的路——这是一款独立游戏,它由 Toby Fo ——"

我的答题灯亮了。

听到"地下怪物世界"这个词后,我想到了某个游戏。之前桐崎一直在客厅里玩。我经常听她说起那个游戏。这是一个叫 Toby Fox 的天才独立研发的游戏。它有丰富的故事,动听的音乐,但我没有把握,直到主持人念出"Toby Fo ——"后,我才按下抢答键。不过我还是抢到了,本庄绊似乎更没有把握。

"*Undertale*(《传说之下》)。"我回答。

虽然我有把握,但声音还是不大。我说出答案的瞬间,本庄绊露出"糟了"的神情。

"叮咚"声响起,我答对了。观众席上,有人长舒一口气。因为这道题差一点儿就"流局"了。

5∶4。我再次领先。

问题：以地下怪物世界为舞台，操控人类小孩进行冒险，探索回到地面的路——这是一款独立游戏，它由Toby Fox开发，在日本也大受欢迎，请问它的名字是？

答案：*Undertale*。

❄

"等你回到东京，我有话跟你说。"我在京都的商务酒店看到了桐崎发过来的这条LINE。被高中生当成"题目"后，我去参加了研讨会，之后在竞答大会上获胜，星期天回到了东京。

在永福町的家中，桐崎表示，她想解除同居关系。

我完全没想到是这样的情况，便马上问了理由。

"再一起生活下去，我可能会讨厌你。"

我无法接受："为什么会讨厌我呢？"我又追问了理由的理由。

"我最近一直很难入睡。"桐崎答道。

她表示，我去京都出差的那天晚上，她久违地睡了个好觉。

"我们分床睡可以吗？"我问。

"还是不要了。"桐崎就这样回到了父母家。我想不出什么办法挽留她。她表示会继续支付房租,但我拒绝了。

我们大概一个月见一次。一起购物,吃个晚饭,晚上八点左右就会分开。我还劝她留宿过,但她不愿意。

就这样,分开住了半年左右,我们便分手了。

"我不适合和别人同居。"桐崎说,"只要家里有别人在,我就会感到压力。都是我不好,别放在心上。"但我很介怀,一直很失落。

我本来要参加一场公开赛,现在因为身体不适取消了。我对桐崎还是有些不舍,多次给她发消息,央求见面聊聊。但她每次都只回我一句"抱歉,还是不要了"。

这么形容可能比较老套,但我的心里真像破了一个大洞。我每天晚上都在思考自己应该怎么办。提出同居的是我。桐崎原本就对同居持消极的态度,也是我去说服她的。其实我们当时真的没必要同居。我们刚从学校毕业,开启了新的生活,周遭的各种事物本来就在发生着巨大的变化,没有必要再给我们两个人的关系之中添加新的变量。桐崎肯定是积攒了很久的压力,这些压力没办法通过言语来表达，而化为了一个个不眠之夜。如果我们没有住在一起，我们就不会分手了。人生即竞答，而我答错了，我也遭受了相应的惩罚。

因为我没有参加大会，竞答部的同期鹿岛担心我的身体状况，联系了我。我讲了讲我和桐崎之间发生的事。鹿岛建议我去参加竞答比赛，我表示没有心情。

鹿岛没和我打招呼，擅自替我报名了一场小型比赛。比赛是在线的，只从动画、游戏、音乐等领域命题。有人以比赛为名，将我拉到了一个多人通话群组当中，告诉我比赛就要开始了。我表示什么都不知道，打算离开群组，但鹿岛拦住了我："去抢抢题吧。抢着抢着你就会开心了。"

我不情不愿地留了下来，但动漫、漫画、游戏、音乐这些领域我都不太擅长。我又想起了桐崎……她对这些领域都很熟悉，我的心情更加低落了。

第一阶段的抢答题出到第十题时，我还没抢过一题。但原因并不是我的心情低落。如果你要问我，当时是否已经完全集中了注意力，我很难说我完全集中了。

但一旦开始比拼，我还是有胜负欲的。可鹿岛在内的其他选手抢题都太快了，我跟不上节奏。

我第一次按下按钮是在第十一题。

当听到"该游戏以美国东北部的虚构观光地为舞台，游戏的标题——"时，我按下了抢答键。虽然没有十足的把握，但我知道，如果有了十足的把握再去抢答，是无法赢得这场比赛的。

"《寂静岭》。"我说出了答案。

"叮咚"声响起，答对了。我看到了题目的全文。

问题：该游戏以美国东北部的虚构观光地为舞台，游戏的标题即为游戏舞台的"鬼镇"，玩家需要穿行于"表世界"和"里世界"来进行游戏，其发行商为科乐美，请问这款人气恐怖游戏的名字是？

答案：《寂静岭》（或《寂静岭》系列）。

好久没答对题目了。这是我和桐崎分手后第一次答对题目。

我的内心深处涌起一股怀念之情。我曾经沉迷过《寂静岭》，还通关过。我不怎么玩游戏，但很喜欢《寂静岭》系列。

我恍惚地想起了过去的事情——我将中考这件事抛在一边,在深夜偷偷玩从哥哥那里借来的《寂静岭4》。因为太过恐惧,我发出了惨叫,吵醒了卧室里的父亲,被他狠狠骂了一顿,PS2(游戏主机)也被没收了。但我偷偷将PS2拿了出来,第二天继续玩……

到了第十四题时,我第二次按下抢答键。

就在我听到"武田ling——"的那一瞬间。

如果是普通的竞答比赛,仅凭这些信息我是不能抢答的。但现在的比赛限定了动画、漫画、游戏、音乐等领域,而且音乐类型的题目也都和动画、游戏有关。

"《吹响悠风号》。"我自信地说。

"叮咚。"其他选手纷纷赞叹:"好快!"

问题:武田绫乃的同名小说是其原作,故事以京都府宇治市为舞台,描述了吹奏乐部的高中生们为了在全国大赛上取得好成绩而进行奋斗的故事。请问这部动画的名字是?

答案:《吹响悠风号》。

鹿岛问道:"动画领域的题你也会?"

我回答说："碰巧看过罢了。"同居的时候，我和桐崎一起看过《吹响悠风号》，所以我能答出来。

我又想起了桐崎。尽管还在比赛，但我真的快要哭出来了。同时，我的脑海中又在不断响起"叮咚"声。

鹿岛发现我不对劲，便中断了比赛，询问我的情况。我哽咽着表示"没事"。我也不知道自己是否真的没事，总之比赛又继续了。我之后又答对了几题，但因为分数不够，在第一阶段就出局了。

不过，回答"《吹响悠风号》"后响起的"叮咚"声一直在我耳边回响，直到比赛结束都不曾消散。

我一个人哭了一会儿，发现自己又对竞答燃起了欲望。

"叮咚"声，不仅是对答案的肯定，也是对选手的肯定，是在告诉选手——"你是正确的"。

如果没有遇到桐崎，没有和她同居，我就不可能答对《吹响悠风号》这道题。

竞答给了我正反馈。你可能失去了重要的东西，但有失也会有得，你是正确的——竞答似乎在告诉我这些。

第二周，我便重返了竞答比赛。我对待竞答比之前更认真了。于我而言，竞答最大的魅力在于，它可以肯定我的人生。不管我此前的人生如何，它都会支持我，并告诉我——你所经历的那些，都不是错的。

我想起了《深夜的马鹿力》、《安娜·卡列尼娜》、"三日月宗近"、"OTPP"，还有我此前答对过的所有题目。

我想——能说出正确答案，说明我们的人生和答案有着某种联系。我们通过竞答这种竞技手段，展示了自己和万事万物之间的联系。

❄

　　本庄绊在"野岛断层"那题的抢答，让我的信心有些动摇。现在能让我冷静下来的，只有代表着回答正确的"叮咚"声。

　　我们在生活中一直会遇到"题目"。其实，我们没必要去和别人进行竞答，因为"题目"存在于世上的每个角落。

　　朋友受伤，抑或有了烦心事之际，我们该如何去安慰？面对上司提出的不合理要求，又该如何回应呢？是忍耐着继续干下去，还是应该下定决心换份工作？"评价很好，但价格昂贵的冰箱"和"评价不那么好，但价格便宜的冰箱"，要如何选择呢？手机已经碎屏，但还没还完贷款，是该换个机型，还是花钱维修，还是应该就这样凑合着用？工作累得不行的时候，是应该砸钱去吃点儿好的，还是选择吃便利店的便当凑合一下？追国外电视剧的时候，是熬夜看下一集，还是乖乖入睡呢？

虽然每个人给出的答案不同，但总之，我们都会"按下按钮"。我们或回想过往，或求助于人。

与竞技性的竞答不同——在这个世上，我们遇到的大部分题目，都没有为我们准备答案。我们说出答案，做出决断，采取行动，在不知正确与否的情况下，继续生活着。我们常常后悔，担心自己的选择是不是错了。我们往往认为，如果那个时候，选择了另一个答案，或许就会不一样——我们经常会去想，想那个我们当时未曾选择的答案。

世上的绝大部分"题目"都没有答案。或者毋宁说，我们将其中一部分有答案的内容采撷了出来，变成了我们的竞答题目。

和桐崎分手后，有段时间我真的感觉"早知如此绊人心，何如当初莫相识"。不过，多亏有过这段感情，我答对了好几道题，也因此变得积极了。从竞答选手这个角度而言，我还算过得去，但从"人"这个角度来说，我却非常不成熟。我犯了很多错误，但也多亏了竞答，我可以对自己持肯定的态度。

"三岛老师再次领先。"主持人看向我。

"嗯。"我点点头。

"还有两道题，一千万日元花落谁家，就会见出分晓。"主持人继续说道。

"嗯。"我再次点头，"尽力而为。"

虽然我的回答依旧无趣，但也传递出了决赛的紧张气氛。这样也不错。

"本庄老师刚才也按了按钮呢。"

主持人将话题转向本庄绊。

"我慢了，检索信息花了太多的时间。"

"因为数据库很庞大？"主持人问。

"不，只是我自己脑子转得慢了。"本庄绊回答。

我在屏幕前思考着——我们回答正确的时候，都是基于什么样的原因呢？我看着决赛的录像，总结着自己的想法。

能答对题目，无非出于这几种情况——用竞答的习题集练习过；自己编过这类的题；在别的竞答大会上遇到过；在教科书上读到过；在报纸和网络新闻上读到过；在电视上看到过；自己实际去过；别人告诉过自己。

上述情况都有一个共同点，即它们都是自己人生的一部分。当我在习题集上解答过一个问题，就会想起自己答题时的情景。当自己编过类似的题目时，就会想起为什么，以什么原因编过这种题。当然，有些内容，我们也忘记了是在哪里记住的，但肯定是在某个地方学过的。正确答案以某种形式和我的人生产生着关联。

我正在思考这些时，节目已经在继续了。待我回过神来，已经是第十二题了。

"请听题——"

播音员的声音将屏幕前的我唤了回来。我记得，下面一题是……

"问题：其学名为'Strix uralensis'，又以'森林守护者'的形象——"

本庄绊抢到了题目。我的右手本来也开始用力，但在最后时刻我抽离了手指。比赛时，我不知道答案，不过"森林守护者"这个词让我想起了"红毛猩猩"（Orang-utan）这个词。这个词在马来语中应该是"林中野人"的意思。但如果是这样，按理来说，这个信息应该在题目的开头就提到，从学名开始的话，就有些奇怪——我茫然地想着这些。

当然，我没有背过动物和植物的学名。我只知道竞答知识。瑞典博物学家林奈创立了学名命名法，朱鹮的学名是"Nipponia nippon[1]"，据说是因为当时旅日的西博尔德，将朱鹮的标本寄到了荷兰。但"Strix uralensis"这个词，我听都没听过。

屏幕中的本庄绊闭着眼，怔着没动。会场鸦雀无声，大家都在等待他说出答案。时间到了，主持人让本庄绊答题。

本庄绊小声说了句"红毛猩猩"。很显然，他没有把握。

---

1. 朱鹮在中国、朝鲜半岛、日本乃至俄罗斯的远东都有分布。朱鹮的学名为"Nipponia nippon"，其中的"Nippon"为"日本"之意，即"朱鹮"的学名包含了"日本"这个地理名词。原因是德国的植物学家西博尔德有旅日经历，他在将朱鹮标本寄往欧洲的时候，添加了"日本"这个地理信息，之后经过几次命名，"Nipponia nippon"最终固定了下来。

"嘟嘟。"本庄绊答错了。

比分依然是 5∶4。本庄绊现在不仅得分落后，在错题数上也走到了绝境。这是他第二次答错，答错三次即出局。为了赢，本庄绊要抢题，但现在又不允许他再次答错了。

问题：其学名为"Strix uralensis"，又以"森林守护者"的形象成为千叶站前派出所的造型主题，这种生物是？

答案：猫头鹰。

❄

　　有人给我的推特发了私信。因为有可能是本庄绊的新录像，我马上去查看了一下。

　　我打开私信，发现不认识对方。对方自称是我的粉丝。"三岛老师说过'只要努力就能实现梦想'，还有您那坚持到底的态度让我很感动。我想作为粉丝给三岛老师写一封信，发到哪里比较合适呢？"

　　我叹了口气，关了推特。在我的记忆中，无论是口头还是笔下，我从未说过"只要努力就能实现梦想"这样的话。相对而言，我也不喜欢这样的话。

　　自从我参加《Q-1竞答大会》后，给我发私信的人突然多了好多。过去我的粉丝也就七百人上下，现在一看，粉丝已经一万多人了。

　　与《Q-1竞答大会》的其他选手不同，我没有在网络上发表对节目的异议，也没有对本庄绊不正常的抢答提出质疑。我之所以保持缄默，是因为觉得自己或许还有可能拿到一千万日元。我不想和节目组随便闹僵，同时也觉得自己保持一个"惜败于人，但很坚强"的亚军形象对自己有利，最容易博得别人的好感。

令我没想到的是，很多本庄绊的粉丝喜欢我的这种态度。他们中的一部分人成了我的粉丝。有人认为本庄绊和我互相欣赏，也有人臆想我们之间有着深厚的友情。有人发了我盯着本庄绊回答"野岛断层"时目瞪口呆的表情，然后配上了文字——"玲央沉迷于绊绊的精彩回答"；本庄绊在回答"迦陵频伽"那道题时，我曾用表情对他施压，结果有人发了截图，配上了说明——"玲央用爱意满满的表情看着绊绊"。

在网络上，我的人设不觉间变成了"自幼为了竞答而生，并为此不惜付出努力的人"——我不善言辞，不知道怎么和女生说话，但我对竞答的热情却不输给任何人；我的口头禅是"只要努力就能实现梦想"——我想向他们证明，即使是平凡的人，也可以通过努力去拼搏；我在《Q-1竞答大会》的决赛上，遇到了真正的天才——本庄绊。在最后一题，我输给了本庄绊传说中的"无字抢答"，但是本庄绊的抢答却感染了我，我从心底祝贺本庄绊问鼎冠军。

这都是什么和什么！一切都是他们的臆想。我承认，在《Q-1竞答大会》上，我没能很好地回答主持人的问题，但那是因为，我不是艺人；在节目上，我很少关注助理主持的那位女性，但那并不是因为我不擅长和女性接触，而是因为我没有余力，我是在竞技，我的目的是赢下比赛；世上有很多靠努力也实现不了的梦想，我认为这是常识，我就是持有这种常识的人之一；在正式比赛时，一开始我还认为本庄绊只是"低配版的谷歌搜索"，我也怀疑过最后一题他是不是作弊了；不用问也知道，我才没有心情祝贺他夺冠，我甚至还想过，要怎么做才能让自己拿到一千万日元。

真是受不了了。有些人，就在电视上看了我几次，怎么就敢信口雌黄呢？隔着屏幕，又能了解到我的什么呢？

他们自称是"三岛玲央的粉丝"，但对我却只有臆想。我看着这帮人，心里很不舒服。他们仅凭知道的一点点信息就开始塑造偶像，崇拜偶像。我只上了一会儿电视就变成这样了。难道本庄绊一直在忍受着这种强加的臆测和臆想吗？

我关了推特，看向暂停的画面。画面中显示着题目的全文。

问题：其学名为"Strix uralensis"，又以"森林守护者"的形象成为千叶站前派出所的造型主题，这种生物是？

答案：猫头鹰。

这时我才意识到，这道题是关于千叶站猫头鹰派出所的。真的有些蹊跷。

从千叶站东口出去后，就能看到猫头鹰派出所。我记得自己进去过一次。初中时，我在千叶站捡到过一个钱包，和朋友一起送到派出所。我在表上填好自己的住址和联系方式后，就离开了派出所。钱包里的钱好像还不少，但具体情况我不记得了。我只记得，一起去的那个朋友叫佐藤，捡到钱包时，他二话不说就要交给警察，而我当时还在讨论是否有把钱昧了的可能。这个钱包，最后有没有找到主人，有没有收到感谢之类的，我都不记得了（顺便一说，池袋也有猫头鹰派出所，我曾经在竞答中遇到过相关题目[1]）。

由于本庄绊抢到了题目，所以在比赛时，我根本没有注意到这一点——这道题，对于千叶市的人来说非常有利。只要住在千叶站附近，就很难不知道猫头鹰派出所。

我意识到，其实本庄绊和我是一样的。

"小野寺主妇洗衣店"那道题，本庄绊未听一字，就答了出来。那道题，属于只有部分地区的人才能答出的题目。同样地，节目组也准备了只有千叶市出身的我才能回答的题目。

本庄绊是怎么答出的"小野寺主妇洗衣店"那题的，我还是搞不清楚。但至少可以发现，《Q-1竞答大会》在出题上是平等的，也出了对我有利的题目。

我有了一种假设：坂田泰彦是不是准备了我们都能回答的问题？比如《深夜的马鹿力》和《安娜·卡列尼

---

[1]. 池袋的"猫头鹰派出所"要相对小很多。

娜》，这些都是我曾经编排过的题目，也是我在大赛中答对过的题目。我经常参加竞答比赛，只要对我稍加调查，就能知道这些题目和我有关。当然，并不是所有题目都属于这类。但从整体而言，这类题目占到了一定的比例。

❄

即使答错两题，本庄绊依旧面不改色。

我松了一口气。我也想过是不是"红毛猩猩"……如果我因为心急而去抢了题，现在答错的人，应该就是我了。我的手就放在按钮上，只是我忍住没按罢了，就差那么一点儿。

"本庄老师，您再答错就要出局了。"主持人说。

"嗯。"本庄绊点点头，"但我不会改变我的抢答方式。怕错，就赢不了。"

"三岛老师这么厉害吗？"

"没错。"本庄绊回答，"按照一般的方式，无法战胜他。"

我看着屏幕，想到了节目开始时，本庄绊说过的话。

他曾说"我在竭力地寻找着"。

当主持人问他"寻找什么"后,他回答"寻找输掉比赛的可能性",而刚才本庄又说"按照一般的方式无法战胜他"。这两句前后有些矛盾。

他是被我逼上绝境之后,真情流露,还是为了给节目烘托气氛而顺嘴一说呢?

"《Q-1竞答大会》的决赛即将进入决胜阶段,让我们进入第十三题。"

主持人示意道。

"请听题——"

我希望本庄绊再错一题,直接被取消资格。一想到还要再从他那里拿到两道题,我就感觉好艰难。

"Event——"

"咚"的一声,本庄绊按下了抢答键。速度非常快,快到无法令人相信。我还没打算按下抢答键,但看到播音员的口型后,我一下子就明白了。"Event"的下一个字是"O段[1]",下一个音节大概是"Ko"或"Ho"。

以"Event"开头的题目并不多。"Event"在日语里

---

1. 日语有5个元音,即a、i、u、e、o。每个元音下面的音即为本段的发音。

是外来语，一般是用作"活动"的意思。

我思考了与"Event"有关的一些表达——活动策划公司（Event Company）、活动小组（Event Circle）、活动工作人员（Event Staff）。如果"Event"之后是"Ko"、"活动礼仪小姐"（Event Companion）[1] 之类的也有可能吧。不过这个词很难出成题目。

那么就是"Ho"。如果是"Ho"的话，肯定就是"Event Horizon"。

我已经确定了答案。我看向本庄绊的侧脸，他应该在拼命搜寻答案。我在心中默念着：不要注意到、不要注意到——祈祷他没有注意到播音员的口型。答错吧！再答错一题，直接出局吧！

"事件视界。"本庄绊答道。他非常有自信，声音很洪亮。

"叮咚。"回答正确。

看台爆发出了今天最激烈的反响，掌声长久不息。

---

1. 主人公想到的这些词，有些词属于日式英语，即英语当中并不存在该复合词，只是日本人将其组合在一起的。

现场的观众和电视机前的观众，大概都以为本庄绊是听到"Event"后，就能回答出"事件视界"吧。大家的这份惊讶来自对本庄绊过人才能的惊叹。毕竟只凭这么些信息，他就将题目答对了。

舞台上的我知道其中的原委，我看到了播音员的口型。但是，我很惊讶的是，本庄绊居然能注意到播音员的口型。

5：5。我们进入了相持阶段。

问题：Event Horizon 是其英文名称，它表示一种时空的曲隔界线，从理论上而言，即便拥有无穷尽的时间也无法观测到其内部的信息，用日语说的话，其名称是？

答案："事件视界[1]"（或"事象地平面""史瓦西面[2]"）。

---

1. "事件视界"是英语"Event Horizon"的直译，主要指黑洞最外层的边界。任何物质和信息一旦进入到这个边界内，都无法逃脱黑洞的引力，会被黑洞吞噬，即便光也是如此。这些被黑洞吞噬的物质和信息永远无法被外界观测到，也意味着永远没有任何外部观察者可以了解该边界内发生的任何事件。

2. "事件视界"在日语里又称"史瓦西面"。"史瓦西"即卡尔·史瓦西，又译卡尔·史瓦兹旭尔得（Karl Schwarzschild, 1873—1916），著名天文学家、物理学家。

❄

我打开了富冢老师发来的文件——《全知全能》里所有题目的汇总表。

在浏览这些题目之前，有件事我已经明了——有不少题目其实最终没有播放出来。有的题"流局"了；有的题答错了；有的题虽然有人抢了，但是答题超过了时限；有的题虽然答对了，但主持人和选手之间的问答互动太无趣了。《全知全能》的总导演坂田泰彦，毫不留情地删减了这些场景。有的选手好像通过了预赛，但是只播放了一题答对的场景。本庄绊就是在这样的环境下一路走来的。或许正因为如此，本庄绊锻炼出了"让节目组留下自己镜头"的能力。他的那种出口即金句的能力，是在《全知全能》中培养出来的。

即便如此，被砍掉的内容之多还是出乎我的意料。

看《全知全能》的时候，我虽然知道很多地方要靠摘要和字幕来跟进，但实在没想到剪掉了这么多。我也参加过几次竞答节目，让我很惊讶的是，在删减如此多的情况下，节目居然还能采用积分制来推进。

《全知全能》有很多难题和偏题。虽然也有很多"神抢答"，但无论从哪个角度来看，"流局"的情况都增加了。坂田泰彦大概是考虑到节目中会出现很多派不上用场的镜头，所以准备了大量题目。

我想起了山田学弟的话。虽然节目不同，但山田也参加过坂田泰彦的节目。比赛的前一晚，节目组告诉过山田"可能会出现有关诺贝尔文学奖的题目"。而本庄绊只用了一晚上就将获奖者全部背下来了。这种超级选手，一定会让观众惊叹不已。坂田泰彦和本庄绊，就是通过这种方式来打造竞答节目的。

我在想——坂田泰彦为什么要通过直播的方式来打造竞答节目呢？

在电视杂志的采访中，坂田泰彦回答说"知识竞答是一项体育运动"。如果把竞答当成一项体育运动来看，有些临场感和感染力确实只能通过直播来传递。可是，这与坂田泰彦以往的导演方向是矛盾的。此前，他是靠拼凑"有趣的场景"来制作节目的。他制造过大量的"废题"，但依旧毫不妥协。

我试着代入了坂田泰彦的心境去思考。

在直播时，最应该避免的情况是什么呢？即，题目已经读完了，但无人知晓答案，最终"流局"。假若这样的题目连续出现，那一般会被认定为直播事故。

在播放《全知全能》的时候，"流局"的题目都被剪掉了。选手的误答，如果不属于有趣的，也会被剪掉。但现场直播无法剪辑，所以出的题目不能让大家都不会，也要尽量减少答错。当然，也不能都是简单题，都是简单题的话无法产生"神抢答"。

所以，比赛真正考验的是选手个人。

我得出了一个结论——坂田泰彦为了让直播不出现事故，考虑过这个问题，即如何不让题目"流局"，尽量减少错误答案。但要如何抢答，才能让观众们叹为观止呢？

最终，坂田泰彦调查了各个选手的人生经历——旨在多出一些和选手人生有关的题目以及他们曾经解答过的题目。

我想起了在决赛舞台上的感觉——我当时,前所未有地享受着竞答。

我为什么会那样享受呢?因为答对题目,就等于肯定了自己的人生。这两件事之所以紧密相连,就是源自坂田泰彦的这种策略。他为了让直播更精彩,选择了让题目和选手们的人生经历挂钩。

当然,所谓"竞答",本身也是各位选手对于人生经历的比拼。

不过,节目还不止于此。节目组从直播这一特殊形式出发,凸显了"选手的人生经历"这一侧面。这场竞答,是对选手人生经历的问答,也是选手对彼此人生的问答——我思考着这些。

❄

"追上了,本庄老师。"主持人说。

"嗯。"本庄绊点点头,"我们现在平局了。"

"三岛老师,本庄老师赶了上来呢。"

"嗯。"我点了点头,但没再接什么。其实简单说一句"被他追上了"这种话也好啊——我边看边想。

我深呼吸着,不断转动着双肩。本庄绊在答错就要出局的情况下,采用了赌博式的抢答方式,而他的赌博,也给了我一丝压力。

5∶5。答错三次即出局。现在我答错一次,本庄绊答错两次。

我有资格在下一题赌一把。如果是"五五开",我可以放手一搏。就算答错了,我也只会和本庄绊的处境一样。如果答对了,我就可以把本庄绊逼入绝境。下一个问题最重要的是，要在本庄绊之前——在题目对错概率缩小到"五五开"的时候抢答。如果本庄绊在"五五开"之前抢题，他就会因答错而被取消资格。我确定了抢题策略。

"谁会拿到赛点呢？"主持人推进着节目。

"请听题——"

我看向了准备读题的播音员，密切观察着播音员开口的瞬间。

"Kou te——[1]"听到这句话的瞬间，我右侧的余光好像瞥到了本庄绊的手臂在用力。我不管不顾地按下了抢答键。当时我还没想出来这是什么题，只是想抢在本庄绊之前。

"咚"的一声。题目被人抢到了。是谁呢？我看了看答题灯。我的灯亮着。本庄绊露出意外的表情。他也按下了按钮，应该是惊讶于题目居然被我抢到了。我自己也很惊讶，我从未这样抢过题。

过了一会儿，我的大脑开始处理听到的信息。我按

---

1. 此处为日文发音。

下抢答键时，题干只有"Kou te ——"，从口型来看，应该是"Kou tei 是——"。"Kou tei"和"是"之间有一小段间隔，所以题目应该有"'Kou tei'是——"这几个字。

最后，我将视觉和听觉得到的信息补充进去，即播音员的口型，以及从他口中吐出的气息。

我认为是"在"，他最后应该是想说"在"。

即，现在我掌握的信息是"'Kou tei'是在——"。

我拼命转动脑袋——"Kou tei"是哪两个汉字呢？在日语里，同音的词有"肯定""校园""工程"等等。我在思考，这些词后面是否可以衔接"是在"。

时间越来越少了。导播用手指倒数着"三、二、一"。主持人看到后说："请回答。"

急死了。焦急万分之下，我脱口而出："鲁道夫象征[1]。"当时我还不知道自己为什么会说出"鲁道夫象征"，只是脱口而出罢了。虽然没有什么根据，但我判

---

1. 鲁道夫象征（Symboli Rudolf, 1981—2011），日本著名赛马，1983 年至 1986 年曾多次取得优异成绩。其拟人化的形象，也多次出现在日本的动画和游戏之中。

断，在自己能想到的选项中，最有可能是正确答案的答案便是"鲁道夫象征"。

会场一片寂静。大家都在等待结果，短短的几秒钟仿若几分钟。

刚才，我意识到了——题目不是"在"而是"其"——准确地说，应该是我意识到我意识到了这点，题目应该不是"在"而是"其"。我在无意之中，意识到了这点，即不是"'Kou tei'是在"而是"'Kou tei'是其"。题目不是"校园"，不是"肯定"，也不是"工程"，而是"皇帝"。

题目应该是"'皇帝'是其……"。所以，我的回答是"鲁道夫象征"。

这时，"叮咚"声响起，回答正确。我挥起拳头，庆祝胜利。握拳也是无意之举。我的注意力完全集中在竞答上，根本无暇顾及自己的举止。

会场发出惊叹。我也很吃惊。自己也不知道是怎么答对的。我觉得自己好像有了"特异功能"。

6∶5。我拿到了赛点。

问题:"皇帝"是其昵称,它是日本赛马史上首次达成七冠王的赛马。它的名字是?

答案:鲁道夫象征。

❄

　　我开始思考，自己为何能答出"鲁道夫象征"。我试着将比赛时无意识的思考进行文字化。

　　我能答对这题也不合理。题目的题眼还没出来，还没到"二选一"的时候，即使对"'皇帝'是其"这一题干确信无疑，也很难推导出"鲁道夫象征"。比赛时我感觉自己有了"特异功能"。

　　昵称是"皇帝"的人有很多。我马上就能想到弗朗茨·贝肯鲍尔[1]、迈克尔·舒马赫[2]、菲多·艾米连

---

1. 弗朗茨·贝肯鲍尔（1945—2024），德国著名足球运动员、教练员，在中国，其绰号一般为"足球皇帝"。

2. 迈克尔·舒马赫（1969—　），德国一级方程式赛车手，现代最伟大的F1车手之一。在中国，其绰号一般为"车王"。日本的富士电视台曾用"皇帝"来称呼舒马赫。

科[1]等。

我之所以最先联想到"鲁道夫象征",是因为去年受赛马节目的委托,出过十道赛马相关的竞答题目。当时我也编排了关于"鲁道夫象征"的题目。

这时我意识到,这道题,同样与我的人生有关。

我从桌上拿出笔记本,写下《Q-1 竞答大会》决赛中所有题目的答案。我在与我竞答生涯有关,或者个人经历有关的题目下面画了线。同时,我在自己答对的题目前方,标上了"◎"。

情况如下:

◎第 1 题 "《深夜的马鹿力》"
◎第 2 题 "《安娜·卡列尼娜》"
第 3 题 "威廉·劳伦斯·布拉格"
第 4 题 "日和山"(本庄绊误答为"天保山")
◎第 5 题 "三日月宗近"

---

1. 菲多·艾米连科(1976—),出生于乌克兰,现为俄罗斯职业格斗选手,其绰号一般为"格斗皇帝""格斗沙皇"。

第 6 题 "宋徽宗"（我误答为 "黑田清辉"）

第 7 题 "《科学》"

◎第 8 题 "OTPP"

第 9 题 "查尔迪兰战役"

第 10 题 "野岛断层"

◎第 11 题 "Undertale"

第 12 题 "猫头鹰"（本庄绊误答为 "红毛猩猩"）

第 13 题 "事件视界"

◎第 14 题 "鲁道夫象征"

第 15 题 "迦陵频伽"

第 16 题："小野寺主妇洗衣店"

规则是 "抢七"，为我准备的题目正好有七道。为本庄绊准备的有多少呢？例如 "威廉·劳伦斯·布拉格" 那题是为本庄绊准备的题目，因为他背诵了所有的诺贝尔奖获得者名字;《科学》的那题也是为他准备的，本庄绊自称 "从高中就开始读了"; "野岛断层" 是《全知全能》中出过的题; "小野寺主妇洗衣店" 也是给他准备的题目，因为他在山形县住过。还有一些题我无法确定，但和本庄绊有关的题目，应该和我的数量是一样的。

　　本庄绊一定注意到了出题倾向。我不知道他是何时发现的，可能是在最后一道题之前，也可能是在决赛刚开始时就发现了。总之，本庄绊很了解坂田泰彦。他知道坂田泰彦不可能在直播的竞答节目中提出我们都不会的题目。本庄绊之所以在比赛中多次做出鲁莽的抢答，应该就是确信——题目会和自己或者对手有关。

　　当然，这样的分析还不足以支撑他在最后一题时"无字抢答"。不过，我感觉到，我离答案越发近了。

　　之前，本庄绊刚听到"Yi——"，就马上答出了"《终成眷属》"。他的这种答题方式与其说是知识竞答，不如说是根据出题时的状况和上下语境来进行解答。他擅长这种抢答。也许他有自信最后一道题会是"小野寺主妇洗衣店"。

　　我看着《全知全能》的题目清单——如果本庄绊已经判断出了《Q-1竞答大会》的出题倾向，那么他应该在某处编排过"小野寺主妇洗衣店"的题目，或者是他遇到过这道题。我没听说本庄绊做过编题的工作，就是说，应该是他做过相关的题目。这份清单里的题目可能包括"小野寺主妇洗衣店"那题。

  漫长的广告结束后,画面又回到了《Q-1竞答大会》。镜头中的我正闭着眼睛。我在脑子里像念咒一样重复着"一定会赢"。我确信自己能通过"鲁道夫象征"这道题拿到一千万日元。我当时感觉题目在自己周围飘荡着。实际上,题目确实在我的四周飘荡着——坂田泰彦出的题都是我们可以答上来的。

❄

广告结束后,马上又进入了答题环节。

"请听题——"

"在佛教中,它被认为居住在极乐净土,其美妙的……"

本庄绊按下按钮——"迦陵频伽"。他答对了。

比分变成了6∶6。

现在来到了最后一题。

"请听题——"

播音员即将读题的画面在镜头前闪过。只见播音员深吸一口气,闭上嘴准备说下一句话。而就在此瞬间,本庄绊的答题灯亮了起来。

本庄绊回答:"小野寺主妇洗衣店。"

他答对了。

转瞬间，本庄绊就赢了。

我反复播放着最后的场景。直播结束后，我马上就看过这段画面，所以比其他场景记得更清楚。我呆呆地站在舞台右侧，不知究竟发生了什么。

重放了七次后，我察觉到了一些细节。

播音员在最后一道题说出"请听题——"后，吸了一口气，闭上嘴准备说下一句话。

在日语里，只有Ma行、Ba行和Pa行是闭唇音[1]。本庄绊虽然在"无字抢答"，但其实播音员在读第一个字之前，还是有些许信息存在的。

---

1. 类似中文普通话的双唇音B、P、M，即在发声的时候，要先将嘴唇闭拢。

❄

有线索了。我先调查了《全知全能》第三期中出现的所有题目。我在第三期的节目中已经确认过,在第三期之前,本庄绊还是不会竞答,是个"空有知识量,但不会答题的选手",但从第四期开始,他的竞答水准明显变强了。《全知全能》第三期很有可能是本庄绊变强的契机。

果不其然。

我很快就找到了。

问题:"Beautiful, Beautiful, Beautiful Life"这首宣传曲被很多人所熟悉,这家连锁洗衣店也因提供天气预报节目 *Petite Weather* 以及独特的地方广告而知名,它依托山形县,在四县设有店铺。请问这家连锁洗衣店

的名字是？

答案：小野寺主妇洗衣店。

这道题本庄绊答了出来。《Q-1竞答大会》决赛的最后一题其实在《全知全能》第三期中出现过，只不过当时被剪掉了而已。

我考虑是否将这个发现告诉给富冢老师。

富冢老师应该会主张"这就是舞弊的证据"。这些情况作为"舞弊的证据"确实具有一定的说服力。如果再将它和"野岛断层"那题合在一起，相信会有很多人怀疑《全知全能》和《Q-1竞答大会》的题目之间存在联系。

我想直接找本庄绊确认，他是有多大的自信才会去"无字抢答"？他是何时意识到，最后会出那道题目的？

知道真相的只有本庄绊本人。我想，我已经收集了足以向他询问真相的材料。将这些材料组合起来，加上我的推理，再给他发一条信息，也许这次会有回复。我抱着这样小小的期待。

我打开本庄绊的推特账号。

几个小时前，他发了一条推特。时隔一个月后，本庄绊终于露面了。

他发了一条消息——宣布自己开设了 YouTube 频道"竞答王本庄绊",以及会员制线上沙龙"本庄绊的真心话"。

消失的那段时间,他是在为新的收入源做着布局。

抱歉，再次打搅，我是三岛玲央。

恭喜您开设了自己的YouTube频道和线上沙龙，祝您的事业越来越好。

这次和您联系，还是同样的来意。我想了解在《Q-1竞答大会》决赛中发生的事情。最近，我一直在思考本庄老师为什么能回答出"小野寺主妇洗衣店"那道题。我看了本庄老师之前参加过的节目，也找了您的弟弟裕翔了解过情况，又反复观看了《Q-1竞答大会》的决赛录像，在观看的同时，我也基于自己的判断，做了如下假设：

《Q-1竞答大会》中出现的题目，都和我们的人生经历有关。决赛出现的十六道题目中，至少有七道是我以前编过的，或是在其他大赛中答过的。

我想本庄老师这边也是一样。我稍微调查了一下，第三题的答案"威廉·劳伦斯·布拉格"、第七题的答案"《科学》"、第十题的答案"野岛断层"、第十六题的答案"小野寺主妇洗衣店"都和本庄老师有关。

基于这点，我推测——因为《Q-1竞答大会》是直播，总导演坂田想用一些方法，令节目的效果呈现得更好。如果是录播，即便"流局"或者答错，也可以进行剪辑，但直播就不行了。所以，为了让观众看到选手们的惊人表现，坂田准备了选手们一定能答出的题目。

想必，本庄老师在比赛时发现了这个规律。在最后一道题时，本庄老师已经预测到，下面的一题一定会是自己能答出的题目。在播音员开始读题之前，就已经锁定了几个备选的范围。

我想问本庄老师的，只有如下两点：

一、您为什么能从繁多的可能性之中，锁定"小野寺主妇洗衣店"这个答案呢？

二、有很多选手不认同您可以"无字抢答"。

特别是参加了《Q-1竞答大会》半决赛的那些选手，认为节目存在剧本，大家非常生气。我基于自己的调查，算是查明了情况，即其间不存在舞弊行为，但其他选手仍不知情。能否请本庄老师亲自给大家解释一下您"无字抢答"的原委呢？

在您百忙之中，冒昧打搅。望您在空闲时，能给我写封回信。

我将内容发了出去，之后躺到床上。累死了。这几个小时里，我感觉自己的人生又重新过了一遍。

我想起了加入竞答研究部时的情景。那时我上初一，家离学校很远，运动部这种需要晨练的社团我是进不去的。当时我在找文科类的社团，选择了文艺部和竞答研究部，并且申请了实际体验。放学后，我去了竞答研究部，部里针对初一和高一申请入部的人搞了一个竞答比赛。

高一学生里，有个人有竞答经验，所以大部分题目都被他抢到并答对了。最后一题，当题目读到"萨拉查·斯莱特林、罗伊纳——"时，那位高一的学生再次按键，给出了他认为的答案——"哈利·波特"。不过，那一次他答错了。高桥前辈发现我刚才也想抢答，便问道："三岛刚才也想抢答来着？"

我应了句"是"。

"说说你认为的答案。"

"霍格沃茨魔法学校。"

"叮咚"一声，我答对了。

"你的思路是什么？"高桥前辈问。

"我觉得'罗伊纳'这个地方，后文应该会说全她的名字，即'罗伊纳·拉文克劳'。"

"就是说，你听到'萨拉查·斯莱特林'和'罗伊纳·拉文克劳'，就知道答案是霍格沃茨魔法学校了？"

"是的。"我点了点头，"因为这些人都是霍格沃茨魔法学校的创始人。"

"厉害。"高桥前辈说，"题感不错。"

"叮咚"声一直在我耳边响起。即便我回家钻进被窝后，耳边的声音还是久久不能消散。原来，在竞答研究部，我可以战胜比我大三岁的人。基于这种想法，我加入了竞答研究部。

我接触竞答的契机，便是因为那次答题。入学前的春假，我刚读过《哈利·波特》系列。而那道题，正好与《哈利·波特》有关，我又碰巧答对了。我之所以能一直坚持竞答，是因为竞答给了我正反馈。

我回想起了这些。

我睡了一会儿，消息的提示声叫醒了我。本庄绊回信了："希望能见面聊聊。"时间已经过了晚上七点，从永福町的公寓向窗外望去，四周已经完全暗了下来，但我马上答应了。

"今晚可有时间？"本庄绊问我。

我在盥洗室洗完脸后拿起手机，回复道"没问题"。

本庄绊发来了餐厅的地址。好像就在今早公布的YouTube频道的摄影棚附近。

餐厅在代代木公园。我乘上井之头线，坐到了下北泽，又换乘了小田急线。

这是一家时尚的意大利餐厅。我到的时候，本庄绊已经在里面的单间静候多时了。"喝点儿什么？"他问。

我在菜单上看到了黑乌龙茶——就是它了。我想摄入一些OTPP。

"三岛老师的推测都是对的,除了一点。"本庄绊正用手机和别人发着什么,发完后,他抬起头对我如是说道。

"哪一点?"我问。

"嗯……三岛老师推测,我是在对战中注意到'导演准备了选手们一定能答出的题目',但其实呢,我在节目直播前就已经预测到了。"

"在《Q-1竞答大会》开始前,您就已经判断出了他们的出题倾向?"

"是的,所以我对所有选手都进行了研究。对手擅长什么领域,会采取什么样的抢题方式,在最近的比赛中遇到了什么问题——我围绕这些进行了调查。如果针对每个人所出的题目是均等的,那么要想获胜,就要抢到为对方准备的题目。"

本庄绊面不改色地说了这些。

"我,您也调查了?"

"我当然调查过三岛老师。"本庄绊回答,"例如

《安娜·卡列尼娜》的问题和'鲁道夫象征'的问题都是在我事先预习的范围内出的，所以我也马上按下了抢答键，但三岛老师的速度实在太快了，结果还是没抢过您。我一上来就处于劣势，比赛后半程的时候，我都是顶着风险提前按下抢答键的。"

"原来是这样。"

"Undertale 那题应该是为我准备的，因为我以前在节目中回答过。但题目的句式换了，导致我和其他选项混了，就没能答出来。"

"'宋徽宗'相关的题目我原来编过，比赛的时候弄丢了。"

"嗯，正因为我们都丢过出给自己的题，所以才以6：6的比分进行到了最后一题。"

"那，您为什么能答出'小野寺主妇洗衣店'那道题？"

我喝了一口服务员送来的黑乌龙茶，切入正题。

本庄绊喝着白葡萄酒。

"三岛老师，您知道我在山形县一直生活到初三吧？"

"嗯，您弟弟裕翔告诉我的。"

"初一的时候，我有半年左右没去学校。"

"嗯，我读了采访您的那篇报道。"

"如果你读过那篇报道，那咱们聊起来就更简单了。我受过霸凌，直到现在都不堪回首。"

"我知道，您吃了不少苦头。"

"您知道《有熊的地方》这本小说吗？"本庄绊问。

"舞城王太郎的吗？"我反问他。本庄绊在《全知全能》第二期回答过一道有关《阿修罗女孩》的题目，《阿修罗女孩》也是舞城王太郎的作品。他在那一期答对的只有那道题。

"对，舞城王太郎写的。"本庄绊点点头，"《有熊的地方》讲的是主人公父亲的事情。他在美国犹他州的原始森林中遇到了一头巨大的熊，并遭到了熊的袭击。主人公的父亲丢下了同行的澳大利亚人，逃到了停在国道上的吉普车里，保住了性命，之后用无线电请求救援。他锁好了车门和车窗，趴在了方向盘上，然后想到——如果事情就到此止步的话，他恐怕一辈子都会活在阴影中，一辈子都会害怕再次进山。"

"嗯。"我点点头。很久以前,我也读过这本小说。

"主人公的父亲拿着放在仪表板上的手枪和后座上的铲子,回到了有熊的那个地方,然后去找熊对峙。他开枪射击,直到打空了弹匣,还拿铲子尖儿刺向了熊的头部,最后将熊打倒了。也正因为他的这番举动,使得自己今后不会惧怕再来森林。"

"嗯,的确。"我边点头边想。小说的具体内容我已经不记得了,但应该是这么回事。

"所谓'有熊的地方',就是一个人内心之中所有恐惧的源头。即使那个人侥幸从'有熊的地方'逃了出来,性命已经无虞了,'有熊的地方'还是会一直留在他的心中。"

"任何人都有'有熊的地方'吧?"

"是的。对我来说,山形就是'有熊的地方'。为了消灭'有熊的地方',就必须回到'有熊的地方'。我要回去,之后亲手消灭'有熊的地方'。"

"所以,开同学会的时候,您回到了山形,是因为这个?"我说漏了嘴。这是裕翔告诉我的,我不应该说出来。

"裕翔告诉您的吗？"本庄绊问道。

"是的。"我大大方方地点了头。

"我确实回山形参加了同学会，是为了面对自己的'有熊的地方'，但是'有熊的地方'并没有消失。对我来说，'有熊的地方'不仅仅是受到过霸凌的地方。"

我点点头，但没作声，等着他继续说下去。

本庄绊说："受到霸凌后，我失去了自信。"

"失去了自信？"

"嗯。'为什么，我会被别人欺负呢？'——初中的时候，我拼命地思考过这个问题。最后，我得出的结论是，自己在不知不觉中犯了错误。我失去了自信。我开始按别人的话去做，扮演别人希望看到的样子。我按父亲说的，考取了注册会计师的证书，考进了东大'理三'。我的这种生存方式在我开始上电视之后派上了用场。节目需要什么角色，我就扮演什么角色，并在其中竭尽全力。我没能摆脱'有熊的地方'，所以，我不得不选择这样的生存方式。"

"原来如此。"

我注意到本庄绊的眼睛里隐约含着泪水。

"是竞答……是竞答拯救了我。"本庄绊说。

"您指'小野寺主妇洗衣店'那题?"我问。我明白,竞答确实能给自己的人生带来积极的意义。

"嗯。"本庄绊点点头。眼泪滑过他的脸颊,又从下颌滴了下来。"那是录制《全知全能》第三期的时候。在第二阶段,我答对了'小野寺主妇洗衣店'的题目。'小野寺主妇洗衣店'是家连锁洗衣店,主要业务在山形展开。如果我没有在山形县住过,是不可能答对的。听到代表正确的'叮咚'声响起时,我不禁哭了出来。竞答肯定了我的人生。我以为,我在山形的那几年,于我的人生而言,是错误的。但是竞答告诉我'那是对的'。竞答消灭了我的'有熊的地方'。"

"这是您认真学习竞答的契机吗?"

"是的,我发现了竞答的真正魅力。从答出'小野寺洗主妇衣店'的那天起,我就开始拼命学习。"

"所以,您才能在最后一道题上回答'小野寺主妇洗衣店'吗?"

"嗯。"本庄绊回答,"《全知全能》的'小野寺主妇洗衣店'那题最后没有播出,因为我在录制过程中突然哭了起来,坂田肯定记得。因为这道题,我开始认真学习竞答,这件事他应该也是知道的,所以我预测最后一题是'小野寺主妇洗衣店'。我推测,坂田一定会出这道题。当读题人闭上嘴唇的瞬间,我就确信题目第一个要发的音是'B',于是按下了抢答键。"

"原来如此。"

本庄绊低着头。我喝光了黑乌龙茶。本庄绊面前放着喝了一半的白葡萄酒。黑乌龙茶中含有OTPP,白葡萄酒中也含有多酚。听说,黑乌龙茶中的多酚虽然不到红酒的一半,但更易于人体吸收。我曾经编排过葡萄酒相关的题目,所以对这方面的知识有一定的了解。香槟和起泡酒的区别是什么呢?香槟是法国地名"Champagne"的音译,即在Champagne地区酿造的起泡酒被称为"香槟"[1]。

"您感觉如何?"

本庄绊的声音将我的思绪唤了回来。只见他抬起头

---

[1]. 起泡酒是所有发泡型葡萄酒的总称。严格来说,只有产自法国香槟区(巴黎以东200公里左右)的发泡型葡萄酒,才能叫作"香槟"。

擦着泪。我看到他的嘴角浮现着些许笑容。我有些不明就里，傻里傻气地应了一声"啊？"。

"这就是关于'小野寺主妇洗衣店'的真相。刚才的故事，您听了之后，感动吗？"

"感动是感动……"但我还是搞不清状况，问道，"您的意思是？"

本庄绊依旧淡淡地笑着。

"您知道我开了一个YouTube频道吧？"

"嗯，我在推特上看到了。"

"下个月，我想拍一个视频，和三岛老师聊一聊《Q-1竞答大会》的幕后故事，我在考虑要不要把刚才的故事讲出来。您觉得怎么样？别人看了会感动吗？"

"不是，您究竟在说什么……"

"就是字面意思。啊，片酬你放心，当然会有。"

"您刚才说的是假的？"我质问本庄绊，"竞答拯救了您的人生这些话是为了拍视频用的？"

"不全是骗人的，其中有相当一部分是真的。在山形的时候，我遭受过霸凌是真的，在录制《全知全能》第三期的时候，真的有'小野寺主妇洗衣店'的题目。

当时我答对了那题,然后在播放的时候,那题被剪掉了,这些也是事实。"

"答对后,您真的哭了?"

"这是编的。"

"您觉得竞答肯定了自己的人生,这是真的还是假的?"

"既可以说是事实,也可以说是谎言。'小野寺主妇洗衣店'这道题答对后,我说'因为我在山形住过,所以知道答案'。主持人当时戏谑道:'因为住过所以才能答对,看来你只会这种题啊。'山形是一个让我百感交集的地方,主持人的话让我有些生气,按理说我当时不应该表现出来的。之后,演播室里的气氛变得很尴尬。录制结束后,坂田对我说:'如果你要态度的话,以后就别录了。'"

我不知如何接话,只是哑然地看着本庄绊喝光白葡萄酒。店员走了过来,为我们续上了葡萄酒和黑乌龙茶。

"那您为什么想要学习竞答呢?"我问。本庄绊经历了《全知全能》第三期这样不愉快的录影经历后,退出了竞答节目,那还说得过去。而他呢,在遇到了这种事情之后,反而开始认真学习竞答。我有些不解。

"我总是受别人的气,但我感觉也要到极限了,所以决定学习竞答。"

本庄绊一副理所当然的表情。

我不禁问:"你又为什么那么喜欢上电视呢?"本庄绊这一系列的操作我都看不懂。

"为了今天。"本庄绊回答,"为了提高知名度,增加YouTube和线上沙龙的订阅人数。"

"可是……没必要完全不听题就抢答吧。我本来也不知道'小野寺主妇洗衣店'啊。"

"当然,我也想过,如果那样抢答并答对的话,会有人怀疑这是假的,但我无所谓。《Q-1竞答大会》对我而言已经结束了,我决定把活动的重心转到YouTube和线上沙龙。此时我需要的,是一种可以传递给任何人的'特异功能'。现在电视节目对我已经不重要了,我也不需要奖金。为了下面的布局,即使弄出一点儿波澜,也要呈现出有冲击力的场面。"

"原来如此。"我边点头边问,"如果'小野寺主妇洗衣店'不是正确答案，你打算怎么办？"

"我是在非常肯定的前提下，才按下抢答键的。坂田那个人，心眼不好。我早就想过——在《Q-1竞答大会》上，一定会有一题是关于'小野寺主妇洗衣店'的。他一定会来踩我一下，所以我能答对那题。退一步说，即使错了，也没多大事。那道题是决胜题，我能'无字抢答'，这本身就能成为热点。"

"你为什么退回奖金？"

"当然是利大于弊。我不会只挣眼前的钱，我的目标更高。"

"原来如此。"我再次点头，全身涌起一股无力感。

《Q-1竞答大会》既不是"剧本"，也不是"特异功能"。

但它，也不是我知道的正常竞答。本庄绊拿捏住了"竞答节目"的本质，将其进行了拆解，推导出了节目组会如何命题。节目组的命题都有意图，并不是向本庄绊一个人倾斜，所以大概算不上舞弊，但它也不是我此前认识的竞答。

那算什么呢？硬要说的话，我觉得算是"生

意"吧。

本庄绊继续说道:"视频的标题我已经确定了。"我听了一下,好像是"《Q-1竞答大会》幕后的一切——起底传说中的'无字抢答'"。

"三岛老师要做YouTube账号的话,就要趁现在哦。"本庄绊又建议道,"《Q-1竞答大会》给您涨了粉,您现在有很多忠实粉丝。你我合作,能增加很多订阅量。礼尚往来,如果您在我这儿出镜,我也会去您的频道。"

"容我考虑一下。"说罢,我站了起来,"感谢您和我说了这些。"

虽然我说"容我考虑一下",但我完全不想在本庄绊的YouTube频道上露脸。我只是搪塞过去罢了。如果要我当场拒绝的话,我只能想到一些脏话。

我走出单间。我想,我这辈子应该再也不会跟本庄绊见面了。

❄

我是圈内人，处于竞答的内部看待着竞答。我在圈子里已经摸爬滚打了不少年头，现在已经接近圈子的中心了。正因为如此，我一直觉得，竞答是以知识为基础，比拼谁能比对方更快、更准确地运用逻辑思考得出正确答案。时至今日，我依旧这样认为。

但圈外人看就不一样了。有人认为竞答是"特异功能"——就像预知未来的预言家那般，或者像察言观色的心理咨询师一样。不然，只听了几个字，是不可能答对的。竞答选手也在不自觉之间，摆出一副"竞答无提示、无玄机"的表情。有人真的会笃信这些。

本庄绊正是利用了这种信息不对称，有意识地给人留下他有"特异功能"的印象，凭此吸粉无数。对他来说，观众的臆想就是财富密码。他的大脑里装着全世界，他知晓一切，稍加检索，便能信手拈来。对他而言，一切都不言自明，一切都尽在掌握。他遇到了竞答，又凭借过人的记忆力成为"魔法师"。

我想，我肯定无法忍受这些臆想。那是别人臆想出来的人设，我无法胜任这种人设，也不会为了维持别人的臆想而隐忍自己的心情。所以一直以来，我都成不了电视上的红人。

我只是个喜欢竞答的人。只是为了自己，一门心思地去累积正确答案。我不是为了别人——不是为了观众才去参加竞答。

我点开本庄绊的推特账号看了看。他宣布要开设YouTube频道、开展线上沙龙的那条推特，一晚上就有两万人次的转发，"一定会关注"的回复就有几百几千条。

我还记得他的粉丝对我说："三岛输不起，于是开始找事。"还有人说："没能拿到奖金，很不甘心对吧？"我还记得本庄绊无视我一个月前发的信息，想要聚拢自己的粉丝，开启新的生意。

我对自己很失望。

或许我和本庄绊的粉丝没什么区别。我以为他在网络上保持沉默,是在以自己的方式进行反省。正因为如此,我才试着去理解他,调查最后一题是否有舞弊行为。然而,我所想象的,也不过是一厢情愿,不过是我自己设想出来的偶像"本庄绊"。在消失的那段时间,他其实正在有条不紊地为下一笔生意做着准备。为了新的财路,他利用了《Q-1竞答大会》和我。

我进行的是我所信奉的竞答。准确来说,是那种能够通过逻辑严密地推导出正确答案的竞答。

而对本庄绊而言,竞答是"吃饭的家伙",是"赚钱的密码"。

本庄绊的竞答水平也就此超过我了。

我将《Q-1竞答大会》和本庄绊,从大脑中清理了出去。就像很久以前,我为了提高竞答水平而抛弃"难为情"这种情感时一样。我将这些都忘了,完全忘了。诚然,本庄绊所选择的道路,也是竞答的答案之一。不过在我这里,他已经不存在了。

下周我要参加一场公开赛，我已经着手准备。

我打开习题集，开始练习，开始查漏补缺，开始恢复作为一位竞答选手的日常。虽然我的脑海中经常会闪出这样的想法——出题人是谁，他会出什么样的题目——但是我每次都将它从我的大脑中赶了出去。

我感到，自己的实力比之前更强了，虽然没有强多少。较之从前，我对竞答的喜爱更深了，但也开始萌生厌恶，虽然厌恶的程度也不高。我知道，世界上，还存在着我不曾知晓的题目。所谓"知道某事"，就是知道这件事的另一面，还有自己未知的东西。

"请听题——"我的脑海中响起了读题的声音。

"请直截了当地回答'竞答'是什么？"

我按下按钮："竞答，即人生。"

"叮咚"声没有响起，但我确信，我的回答是正确的，百分之百地确信。

图书在版编目（CIP）数据

谜底里的谜题/(日)小川哲著；王唯斯译.
北京：北京联合出版公司, 2025.6. -- ISBN 978-7
-5596-8364-9

Ⅰ.I313.45
中国国家版本馆CIP数据核字第2025MN6763号

Original Japanese title: KIMI NO QUIZ
Copyright © 2023 Satoshi Ogawa
Original Japanese edition published by Asahi Shimbun Publications Inc.
Simplified Chinese translation rights arranged with Asahi Shimbun Publications Inc.
through The English Agency (Japan) Ltd. and CA-LINK International LLC

谜底里的谜题

作　　者：[日]小川哲
译　　者：王唯斯
出 品 人：赵红仕
选题策划：北京玉兔文化有限公司
责任编辑：管　文
特约编辑：高继书　兰潇涵
文字校对：高　晶

北京联合出版公司出版
（北京市西城区德外大街83号楼9层　100088）
北京联合天畅文化传播公司发行
北京美图印务有限公司印刷　新华书店经销
字数80千字　787毫米×1092毫米　1/32　7.5印张
2025年6月第1版　2025年6月第1次印刷
ISBN 978-7-5596-8364-9
定价：45.00元

版权所有，侵权必究
未经书面许可，不得以任何方式转载、复制、翻印本书部分或全部内容。
本书若有质量问题，请与本公司图书销售中心联系调换。
电话：010-64258472-800